En 2018, Harlequin fête ses 40 ans !

Chère lectrice,

Comme vous le savez peut-être, 2018 est une année très importante pour les éditions Harlequin qui célèbrent leur quarantième anniversaire. Quarante années placées sous le signe de l'amour, de l'évasion et du rêve… Mais surtout quarante années extraordinaires passées à vos côtés ! Azur, Blanche, Passions, Black Rose, Les Historiques, Victoria mais aussi HQN, &H et bien d'autres encore : autant de collections que vous avez vues naître, grandir et évoluer, avec un seul objectif pour toutes – vous offrir chaque mois le meilleur de la romance. Alors merci à vous, chère lectrice, pour votre fidélité. Merci de vivre cette formidable aventure avec nous. Les plus belles histoires d'amour sont éternelles, et la nôtre ne fait que commencer…

40 ANS

Le tourment du désir

ANNE MATHER

Le tourment du désir

Traduction française de
LOUISE LAMBERSON

Azur

HARLEQUIN

Collection : Azur

Titre original :
HIS VIRGIN MISTRESS

HARPERCOLLINS FRANCE
83-85, boulevard Vincent-Auriol, 75646 PARIS CEDEX 13
Service Lectrices — Tél. : 01 45 82 47 47

www.harlequin.fr

ISBN 978-2-2803-7951-9 — ISSN 0993-4448

1.

Les mâchoires crispées, Demetrios regardait de loin son père présenter sa nouvelle compagne à de vieux amis de la famille. Un sourire illuminait les traits fins de la jeune femme.

— Vous ne l'imaginiez pas ainsi ? lui demanda Spiro avec une légère pointe d'ironie.

Son assistant savait qu'il s'était attendu à voir un tout autre genre de femme. « Une blonde aux allures de bimbo », avait dit sa sœur au téléphone. Et, comme c'était ce que Demetri souhaitait entendre, il l'avait crue sur parole. Or la maîtresse de Constantine Kastro n'avait *rien* d'une bimbo. Un mélange de beauté et d'intelligence émanait de son visage aux hautes pommettes et à la bouche sensuelle. Quant à ses cheveux, blonds en effet, ils étaient rassemblés en un chignon strict mettant en valeur son cou mince et gracieux.

— Elle est un peu plus âgée que je ne le pensais, répliqua-t-il d'un ton neutre.

— Et plus sophistiquée ? enchaîna Spiro. J'ai l'impression que vous aurez plus de mal à vous débarrasser d'elle que vous ne le pensiez.

Demetri le regarda en plissant le front.

— Ah, vous croyez ? fit-il, cynique. On peut acheter n'importe qui, croyez-en mon expérience. Il suffit d'y mettre le prix.

— N'importe qui ? s'exclama Spiro, l'air choqué. Vous me mettez dans le lot ?

— Mais non, je ne parlais pas de vous, soupira Demetri. Vous savez très bien que je vous considère autant comme mon ami que comme mon assistant. Mais hélas, tout le monde n'est pas aussi honnête que vous, Spiro.

— Et toutes les femmes ne sont pas comme Valéria, lui rappela gentiment son assistant.

Puis, sans doute conscient qu'il s'aventurait en terrain dangereux, il ajouta aussitôt avec humour :

— En tout cas, je devrais probablement me sentir honoré de ne pas faire partie du commun des mortels… Alors ? Qu'allez-vous faire, maintenant ?

— Maintenant ? Eh bien, je vais aller rejoindre mon père et lui demander de me présenter à la ravissante Mlle Manning.

— Faites attention, murmura Spiro.

— Ne suis-je pas *toujours* prudent ? Ne craignez rien. Je ne compte pas dévoiler mon jeu tout de suite.

Néanmoins, Demetri ne put repousser l'irritation qui couvait en lui tandis qu'il s'avançait parmi la foule d'invités, tous venus fêter le retour de Constantine à Theapolis. Son père n'était sorti de l'hôpital que depuis quelques semaines, durant lesquelles il avait préféré rester à Londres pour éviter la chaleur régnant en Grèce au cœur de l'été. Et c'était durant cette période qu'il avait rencontré cette femme et en avait semblait-il fait sa maîtresse, alors qu'il sortait d'une grave maladie…

Résolu à en avoir le cœur net, Demetri continua son chemin, adressant quelques mots de bienvenue par-ci, de remerciements par-là, et finit par se rapprocher de Constantine et de… Quel était son prénom, déjà ? Ah oui, Joanna. Joanna Manning. Un nom élégant, comme elle.

*
* *

— J'espère que ce froncement de sourcils ne signifie pas que mon retour te chagrine, Demetri.

Son père avait lancé ces mots d'un ton moqueur, et en anglais, sans doute désireux que Joanna Manning les comprenne.

Réalisant qu'il laissait transparaître ses pensées, Demetri se ressaisit et sourit à son père avant de l'embrasser avec chaleur.

— Pardonne-moi, papa. Je suis bien sûr soulagé que les médecins t'aient jugé suffisamment rétabli pour rentrer enfin à la maison.

Constantine le dévisagea d'un air mécontent.

— Ils ont affirmé que j'étais *complètement* rétabli, Demetri. Et je n'apprécie pas que tu te comportes comme si je venais de sortir de l'hôpital.

Puis, sans lui laisser le temps de répliquer, il se tourna vers sa compagne.

— Permets-moi de te présenter mon fils. Demetri, voici Joanna. Joanna Manning. Mon… amie.

— Enchantée de vous rencontrer, dit-elle poliment.

— Ravi de faire votre connaissance, répliqua Demetri avec un sourire forcé. J'espère que vous ne trouvez pas notre climat trop éprouvant ?

— Pas du tout, se récria-t-elle. J'adore la chaleur. C'est si… sensuel.

Sensuel ?

Il dut faire un effort pour dissimuler son incrédulité. Il ne s'était pas attendu à être déconcerté par cette femme. Et pourquoi l'observait-elle d'un air à la fois interrogateur et amusé ? Elle était plus grande que la plupart des femmes qu'il fréquentait — un mètre soixante-quinze, voire quatre-vingts —, et même s'il la dominait d'une bonne tête, elle avait à peine besoin de lever les yeux pour soutenir son regard. Et dans le sien, c'était du défi qui luisait, constata Demetri avec agacement — d'autant que son père savourait manifestement cet échange.

— Ah… Êtes-vous une habituée de notre climat, mademoiselle Manning ?

— *Madame* Manning, corrigea-t-elle en souriant.

Puis, après avoir adressé un regard affectueux à Constantine, elle poursuivit :

— Pas encore. Je parle du climat. Mais j'espère m'y habituer rapidement.

Mais oui, bien sûr…

En tout cas, Demetri en savait un peu plus à son sujet, à présent. Personne n'avait jugé bon de lui préciser qu'elle était ou avait été mariée. Mais ça collait avec le reste. Et s'il avait encore eu des doutes sur la nature de sa relation avec son père, ceux-ci étaient maintenant dissipés.

— Vivez-vous sur l'île, Demetrios ? demanda-t-elle soudain, le prenant de nouveau au dépourvu. Ou possédez-vous une villa ailleurs ?

— Demetri. Seuls mes ennemis m'appellent Demetrios. Et pour répondre à votre question : je suis chez moi, ici. Cette demeure est notre maison de famille.

Après s'être interrompu un bref instant, il ajouta :

— Mais ne vous inquiétez pas, madame Manning. Elle est suffisamment spacieuse pour que nous ne nous marchions pas sur les pieds, si vous me permettez l'expression.

La belle bouche pulpeuse de son interlocutrice tressaillit, lui donnant tout à coup l'air vulnérable.

Bon sang, qu'est-ce qui te prend ? se fustigea-t-il. *Parce que maintenant sa bouche est belle, pulpeuse ? Et tu lui trouves l'air vulnérable, en plus ?*

Joanna Manning était une femme entretenue, donc à peine plus respectable que les prostituées faisant le trottoir dans les rues d'Athènes. Par conséquent, il n'allait quand même pas la plaindre ! Et puis, c'était son père le plus vulnérable de l'histoire ; le plus stupide et aussi le plus imprudent. Il avait au moins trente ans de plus qu'elle ! Ne comprenait-il pas ce qu'elle voyait en lui ?

— Nous avons chacun nos appartements, confirma

Constantine. Comme Olivia et Alexandra. Et, ainsi que mon fils vient de le dire, cette demeure est notre maison de famille. Notre forteresse. Et tu te rendras vite compte qu'ici la sécurité est primordiale.

— Je comprends, répliqua Joanna en hochant la tête.

— J'en doute, intervint Demetri d'un ton détaché. Mon père et moi sommes constamment la cible des paparazzis, mais à Theapolis nous pouvons nous protéger des gens sans scrupule.

Un éclair fusa dans les yeux de Joanna Manning, en rendant le bleu plus intense encore.

— J'espère que vous ne sous-entendez pas que je pourrais représenter une menace pour votre père ? demanda-t-elle lentement.

— Bien sûr que non, affirma-t-il avec un léger sourire. Et je suis certain que vous avez beaucoup de choses en commun avec lui. Dites-moi, madame Manning, avez-vous des enfants ?

— Non.

Cette fois, elle avait répondu d'un ton presque brutal, et Constantine lui passa le bras autour des épaules pour l'attirer contre lui. Comme pour la protéger. Ou la réconforter. En les observant, Demetri comprit que quelque chose lui échappait. Une réelle complicité les liait. Or il détestait l'éventualité que leur relation puisse être davantage qu'une divagation passagère de la part de son père.

— Viens, dit celui-ci à sa compagne. J'aperçois Nikolas Poros, là-bas. C'est un ami et l'un des directeurs de Kastro International. J'aimerais te le présenter.

Il tourna un bref instant les yeux vers son fils :

— Tu nous excuses, n'est-ce pas ?

Ce n'était pas vraiment une question, aussi Demetri inclina-t-il la tête en silence. Il recula même d'un pas pour leur laisser le passage. Était-ce du triomphe qui avait brillé dans les yeux bleus de Joanna ? s'interrogea-t-il en les suivant du regard tandis qu'ils traversaient l'immense salle de réception. Impossible à dire. En revanche, une chose était certaine : le lien qui unissait Constantine à cette femme était plus profond qu'une simple fascination d'ordre sexuel.

Il se força à mettre de côté le problème Joanna Manning et se concentra sur les invités qui l'entouraient. Dans l'immédiat, il devait jouer son rôle de fils dévoué.

Il *était* dévoué, bon sang ! se corrigea-t-il en prenant la coupe de champagne qu'un ami lui tendait. Mais il était également le fondé de pouvoir de son père. Par conséquent, il devait veiller à ce que celui-ci ne perde pas le respect dont il avait toujours joui et ne se ridiculise pas à cause d'une femme qui profiterait de sa vulnérabilité.

— Elle est belle, n'est-ce pas ?

Agacé, Demetri se retourna.

— Oui, Spiro, en effet. Mais que désire-t-elle ? Et, plus important encore, qu'espère-t-elle retirer de cette liaison ?

— Elle aime peut-être votre père.

Son assistant sourit à la serveuse qui s'arrêtait devant lui pour le laisser saisir une coupe de liquide pétillant.

— Et peut-être s'intéresse-t-elle avant tout à son compte en banque, rétorqua Demetri. Mon père a soixante-sept ans. Ce genre de femme ne se lie pas à un homme plus âgé par amour.

— Tu es bien cynique, Demetri ! lança soudain la voix d'Olivia, qui venait de les rejoindre. Mme Manning ne ressemble pas à une aventurière cupide, reconnais-le.

— À quoi ressemblent-elles, d'après toi ? demanda-t-il en soutenant le regard de sa sœur aînée. Ne me dis pas que tu es de son côté, Livvy ? À une semaine du mariage d'Alex, je croyais que tu partagerais mes inquiétudes. Que pensera Alex quand elle apprendra que notre père a invité une étrangère à se joindre à nous pour célébrer ce qui est avant tout une fête de famille ?

— Cela lui sera absolument égal, répondit Olivia en pinçant les lèvres. Mais cela ne veut pas dire que nous devons ignorer ou sous-estimer l'influence qu'exerce Mme Manning sur papa. En revanche, nous en faire une ennemie ne me paraît pas être la meilleure stratégie à adopter. Tu les as vus ensemble, n'est-ce pas ? Alors tu as bien dû remarquer qu'ils sont très… absorbés l'un par l'autre.

— Effectivement, acquiesça-t-il après avoir bu une gorgée de champagne. Sais-tu comment ils se sont rencontrés ?

Joanna poussa un soupir lorsque la porte se referma sur la jeune femme de chambre. Enfin seule ! Sa suite communiquait avec les appartements de Constantine et comprenait un salon, une vaste chambre avec un dressing immense et une salle de bains ultramoderne.

Le salon et la chambre étaient meublés et décorés avec goût et raffinement : sofas et fauteuils recouverts de lin à rayures bleues et vertes, avec coussins assortis ; murs tapissés de soie damassée ; ravissant secrétaire en acajou ouvragé ; équipements audio et vidéo installés dans un meuble en bois de rose. Le tout éclairé par des lampes anciennes en cuivre placées çà et là. Par ailleurs, les larges portes-fenêtres, closes pour l'instant, donnaient sur un balcon desservant tout l'étage. Et sur les parquets cirés, des kilims colorés donnaient une note de gaieté à l'ensemble : il y en avait partout, même dans la salle de bains.

D'autre part, les draps étaient changés chaque jour, lui avait expliqué la jeune femme de chambre. Avant d'ajouter que si Joanna désirait quoi que ce soit, elle n'avait qu'à sonner.

Elle découvrait peu à peu l'univers dans lequel évoluait Constantine. Lorsqu'elle avait accepté de l'accompagner à Theapolis, Joanna ne lui avait pas demandé de détails sur son mode de vie. Elle l'avait fait pour lui, sans jamais s'imaginer qu'elle allait se retrouver dans ce genre d'environnement, ni soupçonner qu'il était aussi riche.

Demetri Kastro aurait sans doute du mal à le croire, songea-t-elle avec un sourire moqueur. Constantine avait-il remarqué la lueur de haine qui avait traversé les yeux sombres de son fils ? Probablement. Il devait bien savoir ce que ressentait celui-ci. C'était même pour cette raison qu'il l'avait persuadée de venir en Grèce avec lui : il était certain que l'hostilité et la colère empêcheraient ses enfants de voir la vérité.

Entendant des coups légers frappés à la double porte séparant le salon de celui de Constantine, elle se hâta d'aller ouvrir. Elle se choisirait une robe pour le dîner plus tard.

— Je peux entrer ?

— Bien sûr, répondit-elle en s'effaçant pour le laisser passer.

Non seulement Constantine avait quitté son costume habillé, mais il ne se donnait plus la peine de feindre d'être en parfaite santé. Il paraissait au contraire si fragile que le cœur de Joanna se serra.

— Assieds-toi, reprit-elle en désignant l'un des sofas. N'oublie pas que tu es censé te reposer.

— Tu n'es pas mon infirmière, Joanna, protesta-t-il avec un chaud sourire, qui masquait mal le fait qu'il était sur la défensive. En fait, je me sens un peu plus costaud, ce soir. Et je suis soulagé que Demetri soit rentré.

Après avoir refermé la porte, Joanna se retourna vers lui. Elle enfonça la main dans la poche de son peignoir en soie coquelicot.

— Si je comprends bien, tu penses que le pire est passé. À ta place, je me méfierais, l'avertit-elle en secouant la tête.

— Joanna, Joanna…, soupira Constantine en s'asseyant. Ne sois pas cynique, ma chère. Demetri n'est pas ravi de la situation, je crois même pouvoir dire qu'il nourrit des doutes quant à la pertinence de notre relation, mais il ne fera rien pour troubler la paix qui règne dans notre maison. Il est conscient que le mariage d'Alex doit passer avant tout. Je suis son père, et je pense le connaître mieux que personne.

— Vraiment ?

Joanna aurait bien aimé partager cet optimisme. Sa rencontre avec Demetri Kastro lui avait laissé une impression désagréable. Le fils de Constantine ne ressentait que du mépris vis-à-vis d'elle, c'était évident. Il la prenait pour une créature vile et intéressée. Il s'était montré poli, mais froid, parlant peu mais sous-entendant beaucoup.

Constantine tendit le bras pour lui prendre la main.

— Viens t'asseoir à côté de moi, dit-il en souriant. Comment te sens-tu ? Es-tu heureuse, ici ? Tu ne manques de rien ? Tu as tout ce dont tu as besoin ?

— Quelle question ! s'exclama Joanna en s'installant à côté de lui. Cet endroit est fabuleux. Bien plus que tu ne me l'avais laissé entendre.

— Tant mieux, je suis content.

Il porta sa main à ses lèvres.

— Je veux que tu profites au maximum de ton séjour, Joanna. Et que tu te sentes chez toi ici. Demetri risque de se montrer un peu désagréable, mais il va s'adoucir, ne t'en fais pas. Et puis il sera fort occupé et n'aura pas beaucoup de temps pour s'interroger sur notre relation. Il devra même s'absenter plusieurs fois avant le mariage. Il doit faire son travail *et* le mien… Tu comprends ?

— Je comprends tout à fait, affirma-t-elle d'un ton léger.

Puis elle dégagea sa main et se leva.

— Mais… Es-tu sûr de ce que tu avances ? demanda-t-elle. Que pensera Alexandra quand elle découvrira ma présence ?

— Alex va t'adorer, c'est certain ! Elle ne ressemble pas du tout à Demetri ou Olivia. Elle est plus jeune, moins cynique.

— Peut-être, mais quand même… Je peux encore rentrer en Angleterre, Constantine. Vraiment. Cela ne me dérangerait pas.

— Moi si, lâcha-t-il d'un ton péremptoire. Ma chère Joanna, les raisons pour lesquelles je t'ai demandé de venir à Theapolis avec moi n'ont pas changé : j'ai besoin de toi. De ta force et de ta compagnie. Et surtout de ton soutien.

— Tu sais bien que tu peux compter sur moi, rappela Joanna. C'est seulement que je me demande si je suis capable d'assumer tout cela.

— Tu parles de moi ? demanda Constantine en se levant avec effort. Tu me trouves si répugnant ?

— Ne sois pas stupide ! Je te trouve au contraire très séduisant.

— Tu es sincère ? demanda-t-il, sceptique.

— Oui.

Après un instant d'hésitation, Joanna prit le beau visage fatigué entre ses mains, puis l'embrassa affectueusement au coin des lèvres.

— Maintenant, cesse de quémander des compliments et dis-moi ce que je dois porter pour le dîner.

Constantine lui posa doucement les mains sur les hanches.

— S'il n'y avait que moi, je dirais que ce peignoir convient à merveille, répliqua-t-il galamment. Tu es toujours belle, de toute façon. Quoi que tu portes.

Avant que Joanna n'ait eu le temps de répliquer, on frappa à la porte qui donnait sur le couloir.

— Entrez ! répondit aussitôt Constantine.

Demetri apparut sur le seuil du salon et s'immobilisa. Comme il venait manifestement de prendre une douche : ses cheveux mouillés contrastaient avec le superbe costume gris perle et l'élégant T-shirt moulant bleu nuit. Joanna se dit aussitôt que Constantine et elle donnaient sans aucun doute l'impression d'avoir été interrompus dans un moment d'intimité. Ils étaient à peine vêtus et Constantine avait toujours les mains posées sur ses hanches.

À vrai dire, ils étaient déconcertés tous les trois. Et si

Constantine semblait éprouver uniquement de la curiosité par rapport à la visite de son fils, Joanna se sentait franchement mal à l'aise. Quant à Demetri, il était de toute évidence stupéfait de découvrir son père chez elle.

Mais à quoi s'était-il attendu ? Pourquoi pensait-il que Constantine l'avait amenée à Theapolis, sinon pour profiter de sa présence ? Il ne croyait tout de même pas son père trop âgé pour apprécier la compagnie d'une femme ?

Et surtout, que venait-il faire dans sa suite sans y avoir été invité… ?

2.

— Demetri ?

Manifestement, son père attendait des explications, mais pour l'instant Demetri n'en trouvait aucune. Il ne pouvait détacher son regard des mains amaigries posées sur le peignoir en soie rouge. Joanna Manning ne portait sans doute rien dessous… Qu'avait-il interrompu ? Sortaient-ils de la douche ? *Ensemble ?*

Son imagination s'enflamma. Elle avait les cheveux plus longs qu'il ne l'avait pensé. Ils ruisselaient sur ses épaules en boucles chatoyantes, tandis que son peignoir soulignait les formes minces et galbées du corps qu'il dissimulait.

Horrifié, il se rendit compte que son propre corps réagissait, et sans équivoque. Furieux de voir qu'il n'était pas maître de sa libido, Demetri se força à se ressaisir. Son père attendait une réponse, bon sang ! En outre, il était hors de question que celui-ci se rende compte de son… émoi.

— Je… Bonsoir, papa.

Il salua sa compagne d'un petit hochement de tête.

— Bonsoir, madame Manning, poursuivit-il courtoisement. Êtes-vous bien installés, tous les deux ?

— Nous sommes ici depuis deux jours, lui rappela Constantine en fronçant les sourcils. J'ai du mal à croire que notre bien-être soit la raison qui t'a conduit à venir troubler notre intimité à cette heure-ci.

Non, en effet. Demetri n'avait pas imaginé tomber sur

son père. Il était venu voir Joanna Manning, espérant stupidement pouvoir échanger quelques mots en privé avec elle.

— Je… désirais te parler, papa, improvisa-t-il à la hâte.

Au fond, peut-être était-ce aussi bien que son père soit là, car les réactions malvenues de sa libido l'avaient pris de court et auraient bien pu le plonger dans l'embarras si Joanna Manning avait été seule — et avait remarqué son excitation.

— Et tu as présumé que je serais ici, avec Joanna ?

Son père n'était pas un imbécile : il fallait trouver une réponse adéquate, et vite !

— Je suis passé chez toi, mais quand j'ai frappé tu n'as pas répondu.

Pourvu que Pétros, le fidèle serviteur de Constantine, ne contredise pas ses paroles…

— Mais peu importe, de toute façon, continua-t-il. Je vois que tu es… occupé. Cela peut attendre jusqu'à demain.

— Sans aucun doute.

De toute évidence, son père attendait qu'il s'en aille. Demetri tourna les talons, non sans s'être autorisé un bref regard en direction de Joanna.

Une fois dans le couloir, Demetri s'arrêta un moment et se concentra sur sa respiration. Il se sentait déstabilisé, ébranlé, et, tout en sachant qu'il aurait dû s'en aller, il ressentait une étrange réticence à s'éloigner. L'image de son père et de sa compagne restait gravée dans son esprit, et il pressentait qu'il faudrait du temps pour qu'elle s'efface de sa mémoire.

De plus en plus absurde !

Poussant un juron étouffé, il se ressaisit enfin et s'avança vers la galerie couronnant le haut de l'escalier. Ce n'était pas en fantasmant à propos de Joanna Manning qu'il pourrait veiller efficacement sur son père. Et puis depuis quand réfléchissait-il avec son sexe au lieu de son cerveau ?

Au rez-de-chaussée, il constata bientôt que l'immense salle de réception avait désormais repris son aspect habituel. Le personnel y avait veillé après le départ des derniers invités. Les meubles avaient retrouvé leur place, ainsi que les hauts vases de cristal emplis de fleurs qui embaumaient l'atmosphère. Plus la moindre trace de l'odeur de tabac ou de parfums capiteux. Mais l'air climatisé avait été augmenté, si bien qu'il faisait presque trop frais dans la vaste pièce. Malheureusement, l'on ne pouvait ouvrir les larges portes-fenêtres, en raison de la chaleur extérieure et des insectes nocturnes qui pullulaient à cette époque de l'année.

Demetri se laissa tomber dans un fauteuil recouvert de velours bordeaux en soupirant et tourna les yeux vers la porte-fenêtre la plus proche. Il était toujours dans la même position lorsque Spiro vint le rejoindre dix minutes plus tard. Lui aussi s'était changé : il portait à présent chemise et cravate.

— Votre sœur et les invités qui restent à dîner sont dans la bibliothèque, annonça-t-il. Qu'est-ce que vous faites ici tout seul ? Vous boudez ?

— Faites attention à ce que vous dites ! répliqua sèchement Demetri.

Mais il en fallait davantage pour décourager Spiro, qui ignora sa mise en garde.

— Dois-je comprendre que vous vous êtes fait éconduire ? Que se passe-t-il ? Vous a-t-elle repoussé en disant que vous ne représentiez pas un parti assez intéressant ?

— Ne soyez pas stupide ! s'exclama Demetri en bondissant de son fauteuil.

Il balaya rapidement la pièce du regard.

— Il n'y a rien à boire, ici ?

Spiro enfonça les mains dans ses poches de pantalon et pivota lentement sur lui-même.

— J'en ai bien peur. Par conséquent, nous ferions mieux d'aller rejoindre les autres, vous ne croyez pas ? Il y a un bar, dans la bibliothèque.

— Je sais, merci, riposta Demetri, mordant. Eh bien, pourquoi n'allez-vous pas les rejoindre ? Je… Je ne suis pas d'humeur à bavarder.

— Ah ? Et pourquoi ?

— Mêlez-vous de vos affaires, Spiro ! Vous n'êtes pas chargé de veiller sur moi, que je sache !

— Ainsi, vous vous êtes vraiment fait clouer le bec ?

— Non ! se récria Demetri en le foudroyant du regard.

Puis, voyant que Spiro ne battait pas en retraite, il soupira.

— OK. Je n'ai même pas pu lui parler. Vous êtes satisfait, maintenant ? J'ai répondu à votre question ?

— Pas vraiment.

Bref silence.

— Elle n'était pas dans sa suite ?

— Oh ! si ! fit Demetri d'un ton sardonique. Elle y était. Mais pas seule.

— Je vois…, murmura Spiro, les yeux ronds. Vous retenterez votre chance demain.

— Oui, c'est ça, demain… Venez, allons boire un verre. Je ne voudrais pas que mon père croie que j'ai quelque chose à lui cacher.

— Et lui, il cache quelque chose, d'après vous ?

— Qui sait ? Je me demande pourquoi il l'a amenée ici.

— Je crois avoir ma petite idée là-dessus, dit Spiro avec un sourire en coin.

Demetri lui décocha un regard courroucé.

— Évidemment ! Il l'a invitée à assister au mariage d'Alex.

Il s'interrompit en fronçant les sourcils.

— Je me demande où est M. Manning…

— S'il existe, hasarda Spiro.

— Vous pensez qu'elle ment ?

— Non. Mais elle ne porte pas d'alliance. Elle est peut-être divorcée.

— Peut-être, oui. Les alliances ne signifient plus grand-chose, de nos jours.

— Vous croyez que leur relation est sérieuse ?

Stupéfait, Demetri dévisagea un instant son assistant en silence.

— Et vous ?

— Je ne sais pas. Peut-être. Votre père semble très attaché à elle, en tout cas.

— Vous ne voulez tout de même pas dire qu'il a l'intention de l'épouser ? s'exclama Demetri, interloqué.

— Non, non, pas du tout. Mais parfois, les maladies graves produisent des effets étranges sur ceux qui en réchappent. Elles leur rappellent qu'ils sont mortels et suscitent en eux un désir farouche de vivre, à fond.

— Parce que vous êtes philosophe, maintenant ? se moqua Demetri.

— J'essaie simplement d'être objectif. Et vous avez beau affirmer le contraire, Mme Manning ne me donne pas l'impression d'entretenir une relation intéressée avec votre père.

— Vous la connaissez bien, dites donc ! ironisa-t-il.

— Non, se défendit son ami. Mais j'étais présent à leur arrivée. Je les ai observés. Et, si vous voulez mon avis, ils se connaissent depuis un bout de temps !

— Vous connaissez mon père depuis longtemps ?

Joanna se dit une nouvelle fois que la ressemblance entre Constantine et sa fille aînée était frappante. Olivia Petrou, brune et mince, la contemplait en haussant ses fins sourcils arqués. Elle aussi s'était mariée à dix-neuf ans, lui avait raconté son ami. Mais cette union n'avait pas duré longtemps. D'après lui, Olivia était trop gâtée et habituée à n'en faire qu'à sa tête pour se plier aux exigences de son époux. Au bout de quelques mois, elle était revenue vivre à Theapolis ; aujourd'hui, à trente-six ans, elle ne montrait que peu d'intérêt envers les hommes.

Olivia se considérait comme la maîtresse de maison et c'était peut-être pour cette raison qu'elle semblait méfiante à son égard — voyait-elle en elle une menace pour son autorité ? En tout cas, elle affichait maintenant une expression presque hostile, après avoir bien choisi son moment pour l'aborder. Joanna se répéta qu'elle avait été vraiment stupide de s'éloigner de Constantine et de s'exposer à ce qui risquait d'être un véritable interrogatoire.

— Je connais Constantine depuis assez longtemps, oui, répondit-elle évasivement.

Elle se concentra sur les tabatières qui l'avaient amenée à traverser la pièce. En ayant livré elle-même un certain nombre à Constantine, elle était fascinée de les voir rassemblées toutes ensemble derrière la vitrine d'un superbe meuble ancien.

— Elles sont belles, n'est-ce pas ? reprit-elle à l'adresse d'Olivia.

— Elles ont beaucoup de valeur, répliqua celle-ci avec insolence. Vous vous intéressez aux antiquités, madame Manning ?

Ignorant le sous-entendu à peine voilé, Joanna répondit avec calme :

— En fait, je travaille dans ce milieu. Et c'est même grâce à elles que j'ai rencontré votre père, dit-elle avec un petit geste de la tête en direction des pièces de collection.

— Vraiment ? fit Olivia avec une petite moue dubitative.

— Oui, vraiment. Je travaille dans une maison de ventes aux enchères. Et vous, madame Petrou, que faites-vous ?

La fille de Constantine la dévisagea d'un air interloqué.

— Ce que je *fais* ?

Joanna ne put préciser sa question : Constantine les avait rejointes et lui passait le bras autour de la taille.

— Ce que fait Olivia ? Voyons, laisse-moi réfléchir...

Elle danse merveilleusement bien, est experte en sports nautiques et particulièrement douée pour dépenser de l'argent. *Mon* argent, ajouta-t-il d'un ton pince-sans-rire. Tu es d'accord avec moi, Livvy ? Je n'ai rien oublié ?

— Je fais ce que tu me *permets* de faire, répliqua Olivia, assez sèchement, avant de se ressaisir et d'ajouter d'un ton guindé : De toute façon, je ne pense pas que cela regarde Mme Manning,

Décidément, la fille de Constantine aussi la considérait comme une femme intéressée, comprit Joanna avec un frisson désagréable. Dominant son anxiété, elle se tourna vers son ami :

— Comment te sens-tu ? Tu as l'air fatigué. Tu es sûr que tu ne préfères pas dîner en haut, au calme ?

— Tu veux dire que *tu* préférerais dîner en haut, lui murmura-t-il à l'oreille.

Mais, en dépit de son humour, il semblait vraiment las. La journée avait été éreintante pour lui et il aurait vraiment dû se reposer. Toutefois, Joanna avait toujours admiré sa force d'esprit et son incroyable capacité de résistance.

— Comment pourrais-je abandonner nos invités ? poursuivit-il. Et puis, je suis prêt à aller dîner ; pas toi ?

Joanna glissa le bras sous le sien.

— Si, je suis prête, répondit-elle en lui souriant. On y va ?

— Oui, dès que j'ai fini mon verre.

Il souleva celui-ci et le tint devant la lampe posée sur un guéridon laqué.

— Sais-tu que l'on ne trouve du vrai ouzo qu'en Grèce ? J'en ai goûté à divers endroits et ai été déçu à chaque fois.

— Tu crois que c'est raisonnable de boire de l'alcool ? intervint Olivia en prenant son père par l'autre bras. N'oublie pas que tu as été malade, papa.

Après un regard désapprobateur en direction de Joanna, elle ajouta :

— Tu ne dois pas te surmener.

— Je suis ravi de voir que tu te préoccupes de ma santé, Livvy, répliqua Constantine. Mais je suis sûr que Demetri t'a dit que je me portais comme un charme. En outre, j'ai Joanna pour veiller sur moi. Et je t'assure qu'elle peut se montrer aussi sévère que le médecin le plus strict.

L'arrivée de Demetri dans la bibliothèque empêcha sans doute Olivia de répondre. Spiro Stavros apparut à son tour. Âgé lui aussi d'une trentaine d'années, il ne possédait pas la beauté somptueuse de Demetri, tout en étant comme lui de haute taille et bien bâti. Mais lui au moins se montrait très ouvert et amical avec elle, à l'inverse de son ténébreux employeur.

Olivia s'avança vers les deux arrivants. Alors, Constantine se tourna vers elle :

— Joanna, ne te laisse pas intimider par Livvy et Demetri, chuchota-t-il. Ils sont curieux, c'est tout. Du moment que tu joues ton rôle, tout ira bien.

Joanna aurait bien aimé partager son assurance. Tout était nouveau pour elle, à Theapolis : le luxe, le pouvoir, l'autorité de Constantine… Le plus déconcertant — et le plus désagréable —, c'était cette impression que tous la prenaient pour une femme intéressée. Or ce n'était pas le cas. Elle se fichait éperdument de la fortune de Constantine. Hélas, les doutes qui l'avaient traversée en Angleterre se révélaient justifiés ; à tel point qu'elle commençait à se dire qu'elle n'avait rien à faire là.

— Ils nous prennent pour des amants, d'après toi ? demanda-t-elle à voix basse.

— Oh oui, ils y croient ! dit-il à voix basse avec un sourire malicieux. Et tu veux que je te dise ? Je commence à vraiment savourer la situation. Et maintenant, viens, allons dîner.

Joanna découvrit que ce que Constantine avait modestement appelé « salle à manger familiale » était en réalité une pièce immense au sol pavé de marbre, au milieu de laquelle trônait une longue table recouverte d'une nappe blanche et dressée avec raffinement.

La veille au soir, Constantine et elle avaient dîné dans ses appartements, où elle s'était sentie beaucoup plus à l'aise. Même si l'attention quasi constante du personnel l'avait un peu stressée, elle avait apprécié ce repas en tête à tête — enfin, *presque* en tête à tête. Elle avait même réussi à se persuader qu'au fond cette aventure ne serait pas aussi périlleuse qu'elle l'avait craint.

Mais elle s'était lourdement trompée, comme en avait attesté sa première rencontre avec Olivia, deux jours auparavant. Alexandra se trouvait alors chez son fiancé, à Athènes, et Demetri à Genève, en rendez-vous avec des banquiers. L'aînée de la fratrie était seule à leur arrivée, et visiblement choquée par la présence de Joanna. Pourtant, Constantine lui avait affirmé qu'il avait prévenu sa famille qu'il serait accompagné…

Un soupir échappa à Joanna. Son vieil ami avait-il vraiment prévu une réaction aussi hostile de la part de ses enfants ? Il l'avait rassurée concernant Alexandra, mais cela ne la réconfortait guère.

Le repas fut exquis. Après les *dolmades* (délicieuses feuilles de vigne farcies au riz, à l'agneau et aux aromates) et les *souvláki* (petits morceaux de viande de porc et légumes grillés sur des brochettes), il y eut des tomates farcies au fromage de chèvre, un assortiment de viandes froides et de salades, le tout arrosé de retsina, ce vin local au goût de résine de pin que Joanna connaissait déjà.

En plus d'Olivia, Demetrios et Spiro Stavros, trois invités faisaient partie des convives : Nikolas Poros et son épouse, dont Joanna avait fait la connaissance un peu plus tôt, et Panos Petronides, un vieil oncle de la seconde femme de Constantine, qui vivait lui aussi à la villa et qui, à quatre-vingts ans passés, semblait en pleine forme et ne faisait pas son âge.

Au grand soulagement de Joanna, la conversation ne fut pas très soutenue. Elle voyait bien que, en dépit de ses dénégations, Constantine était fatigué. Pourvu qu'il puisse donner le change jusqu'au mariage d'Alex.

Le café étant servi dans le salon jouxtant la salle à manger, elle espéra qu'il en profiterait pour les excuser et se retirer. Mais pas du tout… Il s'installa sur un sofa en l'entraînant avec lui pour empêcher Olivia de s'asseoir à sa place. Lorsque Demetri s'assit dans le fauteuil le plus proche et se tourna vers lui, son père l'arrêta d'un geste de la main avant même qu'il n'ait eu le temps d'ouvrir la bouche.

— Demain, Demetri. Nous ferons le point demain sur ce qui s'est passé durant mon absence.

Puis il se tourna vers Joanna :

— Je me sens un peu fatigué, tout à coup. Tu souhaites reprendre du café ?

— Non, merci.

— Tu ne vas tout de même pas nous priver *aussi* de la compagnie de Mme Manning ? intervint Demetri.

Joanna sentit Constantine se raidir à côté d'elle.

— Tu voulais proposer autre chose ? demanda-t-il à son fils.

Celui-ci se fendit d'un sourire poli à l'adresse de Joanna.

— Je pensais que ton amie aimerait peut-être faire un tour dans les jardins. Les Anglais sont très portés sur le jardinage, n'est-ce pas, madame Manning ?

— Je crains fort de vous décevoir, monsieur Kastro, commença-t-elle prudemment. Je vis à Londres, dans une tour.

— Joanna est fatiguée elle aussi, intervint Constantine.

Mais son fils était résolu à avoir le dernier mot :

— Tu en es sûr, papa ? Mme Manning est… beaucoup plus jeune que toi.

— Tu dépasses les bornes, Demetri ! répliqua sèchement Constantine.

Mal à l'aise, Joanna espéra que cette fois son fils s'en tiendrait là ; au contraire, il insista :

— Tu devrais peut-être laisser Mme Manning décider de ce qu'elle souhaite faire, hasarda-t-il d'une voix douce.

— Votre père a raison, affirma-t-elle alors avec calme. Je suis fatiguée. La journée a été éprouvante.

— Je n'en doute pas, répliqua aussitôt Demetri. Dans ce cas, si vous voulez bien m'excuser…

Sur ces paroles, et sans attendre l'assentiment de son père, il sortit du salon à grands pas.

3.

Au moment où il s'apprêtait à effectuer son virage à l'extrémité du bassin, Demetri réalisa qu'il n'était plus seul. Une femme venait de sortir de la villa. Il comprit qu'elle ne l'avait pas encore aperçu en la voyant traverser la terrasse, puis appuyer les mains sur le muret de pierre. Ne se sachant pas observée, elle ferma les yeux et renversa la tête en arrière.

Demetri ressentit un bref moment de honte à la pensée qu'il se comportait comme un voyeur. Mais il était chez lui, après tout. Pas elle ! Et ce n'était pas sa faute à lui si elle n'avait pas songé à s'assurer d'être seule avant de se comporter comme une déesse païenne venue adorer le lever du soleil.

Elle était vraiment très belle… Ce qui expliquait sans doute la fascination qu'elle exerçait sur son père. Incapable de s'en empêcher, Demetri promena le regard sur le débardeur coupé dans une étoffe soyeuse qui moulait ses seins ronds de façon suggestive. Et, lorsqu'elle referma soudain les bras sous sa poitrine en creusant les reins, il retint son souffle en voyant les mamelons saillir sous la fine étoffe. Quant au sarong noué sur la hanche, tout en nuances de violets et de verts, il était presque transparent, si bien que l'on devinait au travers ses longues jambes minces et galbées.

L'eau avait beau avoir conservé la fraîcheur de la

nuit, cela n'empêcha pas Demetri d'avoir une érection formidable…

Décidément, il se comportait comme un adolescent ! Joanna Manning était belle, certes, mais il avait connu nombre de femmes superbes. Par conséquent, il n'avait *aucune* raison de la désirer, d'autant moins qu'elle était la maîtresse de son père.

Au même moment, elle se redressa et se releva les cheveux sur le dessus de la tête en un chignon improvisé ; des petites mèches bouclaient autour de son visage à la peau claire. Conscient qu'il ne pouvait continuer à l'observer sans signaler sa présence — et furieux contre les réactions de sa libido —, Demetri se hissa hors de l'eau et s'empara d'une serviette dont il s'enveloppa les hanches à la hâte.

Joanna l'avait entendu. L'air presque coupable, elle se tourna vivement vers lui en écarquillant les yeux.

— Oh… Je… Bonjour. Je ne vous avais pas vu.

— Bonjour, répliqua-t-il en enfilant ses mocassins en cuir souple avant de s'avancer vers elle. Vous avez bien dormi ?

— Vous vous en fichez complètement, répliqua-t-elle avec un léger sourire moqueur. Et vous ?

Non seulement elle avait de l'humour, mais aussi une sacrée force de caractère…

— Non, reconnut-il avec un haussement d'épaules. Où est mon père ?

Une légère roseur colora les pommettes de la belle Anglaise.

— Où croyez-vous qu'il soit à une heure aussi matinale ? Au lit. Il dort.

— Et que faites-vous dehors, à une heure aussi matinale ? riposta-t-il sur le même ton moqueur. Serait-ce le seul moment où vous pouvez vous échapper ?

— *M'échapper ?* répéta-t-elle sèchement. Et de quoi,

monsieur Kastro ? Votre père et moi vivons en parfaite harmonie.

— Vraiment ? Vous avez beaucoup de chance, dans ce cas. Tous les deux.

— En effet, acquiesça-t-elle, avant de tourner les yeux vers la mer qui scintillait au loin. Ne croyez-vous pas que vous feriez mieux d'aller vous habiller ? Je ne voudrais pas que vous attrapiez froid.

— Vous en seriez ravie, au contraire. De mon côté, je ne voudrais pas gâcher une opportunité d'apprendre à vous connaître.

— Vous n'avez pas besoin d'apprendre à me connaître, rétorqua-t-elle sans le regarder.

— Ah, là, vous vous trompez, dit-il doucement. Et puis, nous pouvons maintenant nous passer de toute formalité, non ?

Elle se passa la langue sur les lèvres. Demetri la fixa, fasciné malgré lui ; avant que l'intensité de sa propre réaction ne lui rappelle qu'il jouait avec le feu.

— De quelles formalités parlez-vous ? demanda-t-elle.

— Eh bien, si je me souviens bien, vous m'aviez autorisé à vous appeler Joanna, par exemple.

Cette fois, elle pinça les lèvres et tourna la tête vers lui, l'air à la fois surpris et méfiant. Puis elle baissa les yeux, et ses longs cils, d'une teinte un peu plus foncée que celle de ses cheveux, dissimulèrent son regard. Mais au lieu d'éprouver un sentiment de triomphe, Demetri comprit soudain qu'il brûlait d'embrasser cette femme, de serrer ce corps superbe contre le sien et d'assouvir le désir absurde qui le consumait.

— Je ne pense pas que ce soit une bonne idée, monsieur Kastro.

Son excitation retomba d'un coup.

— Vous ne m'aimez pas, poursuivit-elle. Alors pourquoi prétendre que vous souhaitez apprendre à me connaître ?

Pourquoi, en effet ?

— Parce que je le souhaite, c'est tout, persista-t-il néanmoins. Et vous, pourquoi avez-vous peur de parler avec moi ? Me trouvez-vous si terrifiant ?

Elle appuya les hanches contre le muret et croisa les bras.

— Je n'ai pas peur de parler avec vous, dit-elle avec aplomb. De quoi voulez-vous discuter ?

Après un léger silence, Demetri soupira.

— Très bien. Racontez-moi comment vous avez rencontré mon père.

Un tressaillement presque imperceptible parcourut les belles épaules rondes de Joanna Manning.

— Nous nous sommes rencontrés à Londres.

— Ça, je l'avais déjà compris, railla-t-il. Je vous ai demandé *comment* vous aviez rencontré mon père, pas où.

Elle baissa de nouveau les yeux. Il l'imita et se rendit compte qu'elle avait les pieds nus. Un trouble profond l'envahit soudain, alors qu'il n'y avait rien d'érotique dans cette vision ! Et pourtant…

— Comment l'avez-vous rencontré ? répéta-t-il après s'être éclairci la voix. Et de quoi vivez-vous, exactement ?

Un éclat glacial traversa ses yeux bleus.

— Je me demande pourquoi cela vous intéresse autant de savoir quel métier j'exerce, monsieur…

— Demetri, coupa-t-il. Et si je vous pose ces questions, c'est par pure curiosité. Je me demande notamment comment mon père, après avoir passé deux semaines à l'hôpital et subi une grave intervention chirurgicale, a pu nouer une relation aussi… intime avec une femme sans en toucher un mot à ses enfants.

— Comme vous venez de le dire, votre père a été hospitalisé.

— Et vous êtes allée le voir, l'interrompit-il. À plusieurs reprises, sans qu'il ne ressente le besoin de faire allusion à votre existence devant moi, qui lui ai aussi rendu visite.

Elle haussa les épaules.

— Il préférait sans doute attendre le moment de nous présenter l'un à l'autre.

— Vous esquivez ma question, répliqua-t-il, agacé. Je crois plutôt qu'au lieu de connaître mon père depuis un certain temps, comme vous l'avez affirmé à Livvy, vous entretenez une liaison passagère avec lui. Je me trompe ?

— Oui, vous vous trompez, répondit-elle froidement. J'ai dit la vérité à votre sœur. Je travaille chez Bartholomew's depuis plusieurs années. C'est…

— … l'une des maisons de ventes aux enchères les plus réputées d'Europe, l'interrompit-il de nouveau. J'en ai entendu parler.

— Parfait, dit-elle, les yeux étincelant de défi. Comme vous le savez, votre père collectionne les tabatières depuis longtemps. Mais vous semblez ignorer qu'il en achète régulièrement chez Bartholomew's.

Demetri en resta sans voix. Non seulement Joanna Manning n'était pas une bimbo, mais elle exerçait un métier des plus respectables. Ce constat le perturbait plus qu'il ne voulait l'admettre. En outre, cela rendait sa relation avec son père plus… *sérieuse*, en quelque sorte.

— Si vous le permettez, je vais vous laisser, maintenant.

Non seulement elle le plantait là, mais, et c'était ce qui le sidérait le plus, il ne désirait pas qu'elle s'en aille !

Il sortit de sa stupeur et lui barra le passage.

— À tout à l'heure, madame Manning.

Elle ne répondit pas et, sans le regarder, attendit qu'il s'écarte avant de poursuivre son chemin. Et si elle tremblait de la tête aux pieds, c'était de rage, pas de crainte, comprit Demetri en la regardant s'éloigner.

Seigneur… Jamais Joanna ne se serait aventurée dehors si elle avait pu prévoir qu'elle se retrouverait nez à nez avec Demetri Kastro — presque nu, en plus !

Le cœur battant à tout rompre, incapable de contrôler

le tremblement qui l'agitait tout entière, elle regagna sa suite. Elle songea combien la vue sur les jardins fleuris était belle depuis la terrasse, et combien elle avait apprécié ce lever de soleil.

Jusqu'à ce que Demetri émerge soudain de la piscine et que tout bascule…

Son sentiment de bien-être et de sérénité s'était alors envolé, remplacé par un mélange de tension et d'inconfort. Elle connaissait le fils de Constantine depuis à peine vingt-quatre heures et il avait déjà acquis le pouvoir de la déstabiliser. Il ne l'aimait pas, c'était évident. Mais surtout, il la méprisait parce qu'il était persuadé qu'elle profitait de son père.

Irritée de s'être laissé incommoder par cet homme arrogant, Joanna traversa la chambre et entra dans la salle de bains — une douche lui ferait le plus grand bien.

L'eau fraîche l'apaisa et la détendit en effet. En se séchant, elle se sentait mieux armée pour affronter la journée.

Constantine lui avait promis de l'emmener à Agios Antonis, la petite ville la plus proche. Elle était impatiente de quitter la propriété et d'explorer un peu l'île. Depuis leur arrivée deux jours plus tôt, ils avaient passé tout leur temps à la villa car Constantine était fatigué par le voyage. Et la veille, il y avait eu la réception organisée en son honneur par Olivia.

Joanna avait compris qu'il aurait préféré fêter son retour dans l'intimité, mais qu'il n'avait pas voulu décevoir sa fille aînée. En outre, il ne souhaitait pas parler de sa maladie avec quiconque avant le mariage d'Alexandra.

Après s'être séché les cheveux, Joanna s'arrêta sur le seuil de l'immense dressing qui jouxtait la salle de bains. Elle contempla les toilettes suspendues côté penderie. Constantine avait tenu à lui offrir une véritable garde-robe avant de venir à Theapolis. Même si Joanna se reprochait encore d'avoir accepté ce généreux présent, elle devait néanmoins reconnaître que dans ses vêtements habituels, elle se serait sentie encore plus déplacée ; ceux offerts par Constantine l'aidaient beaucoup à jouer son rôle. Et puis comme il l'avait affirmé à juste titre : « Tes tailleurs stricts ne sont pas vraiment appropriés pour un séjour sur une île grecque en plein cœur de l'été ! »

Autrefois, ses goûts vestimentaires étaient moins classiques, moins formels. Elle n'avait jamais rien possédé qui puisse rivaliser avec le luxe des tenues griffées offertes par Constantine, mais elle aimait s'occuper de son corps et le mettre en valeur. Quand, après s'être crue insipide et sans intérêt durant des années, elle avait soudain eu les moyens de prendre soin de son apparence, Joanna en avait profité. Elle avait eu envie d'être admirée ; de se sentir belle.

Et un beau jour, elle avait rencontré Richard…

Elle secoua la tête Elle ne voulait pas penser à son ex-mari. Il appartenait désormais au passé. Il ne pourrait plus jamais lui faire de mal ou l'humilier. Cependant, elle avait été si profondément blessée que, même après s'être séparée de lui, elle avait ressenti le besoin de rester dans l'ombre. Comme si elle se reprochait d'avoir cherché à plaire et qu'au fond c'était sa faute si elle s'était retrouvée avec un homme comme Richard.

Le moment était peut-être venu de sortir de l'ombre…

Une fois habillée, Joanna examina son reflet dans le miroir. Il lui faudrait encore du temps avant de pouvoir se contempler sans se critiquer, voire se juger. Ce short en soie couleur ivoire et ce haut en crêpe vert tilleul lui allaient à merveille, mais ne dévoilaient-ils pas trop ses cuisses et sa gorge ? Ce n'était pas l'avis de Constantine, se rassura-t-elle, puisqu'il les lui avait achetés.

Où était-il, d'ailleurs ? Il avait dit qu'il ferait servir le petit déjeuner sur le balcon, comme la veille, mais quand elle alla y jeter un coup d'œil, elle ne trouva personne. La table n'était même pas dressée. Que se passait-il ? Il ne pouvait pas être allé s'entretenir avec son fils avant de prendre son petit déjeuner, si ?

Gagnée par une appréhension subite, elle se dirigea vers la porte séparant leurs deux salons et frappa doucement. Comme c'était la première fois qu'elle prenait l'initiative d'aller chez Constantine, elle se sentit un peu mal à l'aise en se retrouvant face à Pétros, son valet de chambre.

— *Kalimera, kiria Manning*, dit-il en inclinant poliment la tête.

Puis il lui demanda quelque chose, toujours en grec, alors qu'il savait très bien qu'elle ne le comprenait pas. Il faisait exprès de s'adresser à elle dans cette langue. Pour la déstabiliser.

Cependant, Joanna avait pris la précaution d'apprendre une phrase essentielle. Aussi répondit-elle avec un sourire poli :

— *Signomi. Then katalavéno.*

Ce qui voulait dire : « Désolée. Je ne comprends pas. » Pétros pinça les lèvres. Âgé d'une cinquantaine d'années, il était à son service depuis plus de vingt ans, lui avait expliqué Constantine.

— M. Kastro n'est pas encore levé, dit-il enfin, dans un anglais à l'accent très prononcé.

Quand il repassa au grec, elle ne se donna pas la peine de lui répéter qu'elle ne comprenait pas et parcourut le salon du regard par-dessus l'épaule du domestique.

La porte de la chambre était entrouverte.

— Il va bien ? insista-t-elle. J'aimerais le voir.

— Je ne crois pas que…

— C'est toi, Joanna ?

Mon Dieu, sa voix était si faible…

— Oui, c'est moi, Constantine !

Sans plus se soucier de la réticence de Pétros, elle s'avança dans le salon. De toute façon, puisqu'ils étaient censés être amants, elle n'avait aucune raison d'hésiter à pénétrer dans la chambre de Constantine.

Joanna s'arrêta néanmoins avant de pousser doucement la porte. Vaste, éclairée par une seule lampe de chevet, la pièce dégageait une atmosphère sobre et masculine, mais ce qui frappa le plus Joanna, ce fut la vue de Constantine appuyé contre des oreillers, le visage aussi pâle que les draps couvrant son corps amaigri. Seules ses mains à la peau hâlée ressortaient dans toute cette blancheur.

— Entre, je t'en prie, dit-il, toujours aussi faiblement.

Il désigna le beau fauteuil ancien installé à côté du lit.

— Assieds-toi et ne me regarde pas ainsi. Je ne suis pas encore mort.

Au lieu de s'installer dans le fauteuil, elle s'assit sur le bord du lit et prit la main de son ami entre les siennes.

— Bien sûr que non ! protesta-t-elle avec chaleur. Mais tu n'as pas très bonne mine. As-tu appelé un médecin ?

— Pour quoi faire ? fit-il avec une petite moue. Vu que j'ai déjà du mal à supporter tous les médicaments que je dois avaler tous les jours, il est hors de question qu'on m'en prescrive davantage. Alors, non, je n'ai pas appelé de médecin. La seule chose dont j'ai besoin, c'est de quelques heures de repos. Voudras-tu bien dire à Demetri et Olivia que je me sens un peu paresseux, ce matin ?

— Tu ne crois pas qu'il vaudrait mieux le leur dire toi-même ?

— Et les laisser me voir dans cet état ? répliqua-t-il en haussant les sourcils. Je les connais, Joanna. Ils ne me laisseraient pas le choix : Demetri ferait aussitôt venir Tsikas, alors que c'est complètement inutile.

— Qui est Tsikas ? Ton médecin ?

— Le médecin de l'île, oui. Écoute, Joanna. Je ne veux inquiéter personne. Livvy a déjà assez de soucis avec la préparation du mariage d'Alex, et Demetri travaille pour deux. Alors ne laissons pas le doute s'insinuer dans leur esprit, tu veux bien ?

— Je ne crois pas qu'ils apprécieront que je parle à

ta place, mais tu as raison : inutile de les inquiéter pour rien. Enfin… Si c'est vraiment *pour rien*.

— Mais oui ! affirma Constantine. Tu diras à Demetri que je compte le voir cet après-midi. Maintenant que j'ai pris mes médicaments, je serai en pleine forme dans quelques heures.

Joanna avait beau ne pas partager son optimisme, elle savait qu'il n'aurait servi à rien de protester. En dépit de son état de faiblesse, Constantine gardait une volonté de fer.

— Entendu ? insista-t-il.

— Je ferai ce que je pourrai, promit-elle. À condition que tu te reposes vraiment. D'accord ?

Se penchant vers lui, elle l'embrassa sur le front.

— Je reviendrai voir comment tu te sens à l'heure du déjeuner.

— Nous déjeunerons ensemble, répliqua son ami en lui tapotant la joue.

Il s'interrompit un instant et soupira :

— Ah, si seulement j'avais vingt ans de moins ! Je ne resterais pas là comme une baleine échouée sur la plage, pendant que la femme que j'admire entre toutes passe son temps avec mon fils.

Joanna lui sourit, tout en se répétant qu'elle aurait dû réfléchir davantage avant d'accepter de l'accompagner à Theapolis. Elle aimait sincèrement Constantine et ils s'entendaient à merveille. Mais les rapports qu'elle entretenait avec les enfants de celui-ci étaient loin d'être aussi simples. Dire qu'elle avait été assez naïve pour croire qu'ils l'accepteraient comme une des leurs…

Elle repensa soudain à l'instant où elle avait aperçu Demetri un peu plus tôt, sans doute nu sous la serviette qui lui ceignait les hanches. Non, ce n'était pas de l'hostilité qui avait vibré entre eux. Pas de son côté à elle, en tout cas. Elle avait ressenti une attirance *physique* envers lui. Pour la première fois depuis des années, elle avait éprouvé de l'excitation à la vue d'un corps d'homme. Et même si elle avait repoussé ces sensations en se disant qu'elles étaient absurdes, Joanna se sentait maintenant en proie à une véritable appréhension à la perspective de se retrouver devant celui qui en avait été la cause.

4.

Demetri prenait le petit déjeuner, seul et morose. D'ordinaire, la beauté des jardins suffisait à le mettre de bonne humeur, mais ce matin-là il demeurait maussade et… excité.

Joanna apparut sur le seuil de la terrasse. Elle s'avança vers lui, vêtue d'un short en soie légère et d'un haut sans manches assorti — des vêtements de marque. Cette arrivée ne contribua pas à calmer son trouble. Les jambes nues, les cheveux relevés en chignon flou sur le dessus de la tête et de fines mèches lui caressant les joues, elle était vraiment ravissante. Que faisait-elle avec son père, bon sang ? Qu'attendait-elle de leur relation ? Pas du sexe, il en était certain.

En tout cas, elle ne semblait pas enchantée de le revoir. Avait-elle rapporté leur rencontre matinale à Constantine ? Si c'était le cas, il devrait sans doute essuyer le mécontentement de celui-ci. Surtout si elle avait précisé qu'il nageait dans le plus simple appareil. À moins qu'elle ne l'ait pas remarqué… Après tout, il s'était emparé rapidement d'une serviette pour dissimuler sa nudité.

— Venez-vous tous les deux prendre le petit déjeuner avec moi ? demanda-t-il poliment en se levant.

— Non, répondit-elle à la hâte, avant de se ressaisir : Votre père m'a chargée de vous dire qu'il vous verrait cet après-midi.

— Pourquoi ? Est-il souffrant ?

— Non, il se sent un peu paresseux, c'est tout.

Demetri serra les dents. Durant l'hospitalisation de son père, il avait dû s'habituer à avoir recours à des intermédiaires. Mais être informé par un médecin n'était pas la même chose que d'avoir affaire à cette femme.

— Je me demande si je peux vous faire confiance.

— Mais oui, bien sûr ! protesta-t-elle précipitamment.

Trop précipitamment, peut-être…

— Je peux m'asseoir ? ajouta-t-elle, à sa grande surprise.

— Je vous en prie, répondit-il d'un ton neutre.

Une fois qu'elle fut installée en face de lui, il se rassit, avec la nette impression qu'elle cherchait à faire diversion.

— Avez-vous pris quelque chose dans votre suite ?

— Je… Non, dit-elle en se mordillant la lèvre. Mais je n'ai pas faim. Je pourrais peut-être avoir une tasse de café ?

Au même instant, Maria, la jeune employée de maison, apparut et se dirigea vers Demetri.

— Désirez-vous autre chose, monsieur ?

— Oui. Du pain grillé et du café pour mon invitée, s'il vous plaît, répondit-il en grec.

Dès que Maria se fut éloignée, il se rappuya au dossier de sa chaise et regarda Joanna Manning droit dans les yeux.

— Maintenant, vous pouvez peut-être m'expliquer la véritable raison de l'absence de mon père ?

— Je vous l'ai dit, il…

— Non, l'interrompit doucement Demetri. Vous ne m'avez rien dit du tout. Il n'est pas en état de se lever, c'est cela ?

Une légère roseur colora les joues de porcelaine de la belle Anglaise.

— Il m'a demandé de vous dire qu'il se sentait un peu paresseux, ce matin, répéta-t-elle. Et je vous ai expliqué qu'il était fatigué. Le voyage, la réception d'hier après-midi…

— … Et la compagnie d'une femme beaucoup plus jeune que lui, la coupa-t-il de nouveau. N'oublions pas le rôle que vous jouez dans son rétablissement, madame

Manning. À moins que vous ne freiniez celui-ci. C'est peut-être vous qui le fatiguez.

Ses paroles étaient impardonnables. Cruelles, même. Il n'avait aucune raison de la rendre responsable de la faiblesse de Constantine. Il aurait dû au contraire lui être reconnaissant de s'être occupée de son père durant sa convalescence.

Quand elle détourna les yeux en battant rapidement des cils, Demetri se méprisa d'éprouver de l'empathie pour elle. Son trouble était peut-être feint, mais elle semblait réellement affectée par les accusations qu'il lui avait lancées à la figure. Dire qu'il s'était targué, devant Spiro, de pouvoir gérer la situation en douceur…

Le retour de Maria interrompit son examen de conscience. Après avoir déposé une cafetière et un panier de pain grillé recouvert d'une serviette blanche devant Joanna, la jeune femme versa du café dans sa tasse, puis se redressa en souriant à Demetri.

— Cela vous convient-il, monsieur ?

— C'est parfait, merci.

Joanna le dévisageait en fronçant les sourcils d'un air mécontent.

— Vous avez commandé tout cela pour moi ?

Elle avait posé la question sans se soucier de la présence de Maria, qui connaissait suffisamment d'anglais pour comprendre le sens de ses paroles. Agacé de devoir se justifier devant un membre du personnel, Demetri jeta un regard noir à la compagne de son père.

— Il faut que vous preniez quelque chose, Joanna. Merci, Maria, dit-il en grec à la jeune employée. Vous pouvez nous laisser.

Dès qu'ils furent seuls, Joanna attaqua :

— Je vous ai dit que je voulais bien une tasse de café et que je n'avais pas faim, mons… Demetri !

Puis, soulevant sa tasse, elle se leva d'un air digne et

se détourna, avant de s'éloigner avec l'intention manifeste de boire son café dans un environnement moins hostile.

Demetri bouillait de rage, mais il ne pouvait laisser Joanna s'en aller comme ça.

— Attendez ! lança-t-il en se levant à son tour. Excusez-moi, poursuivit-il d'une voix tendue. Je ne voulais pas vous offenser.

Elle s'arrêta et se retourna vers lui, les yeux emplis de mépris.

— Vraiment ? Après m'avoir accusée d'épuiser votre père, vous prétendez que vous n'avez pas voulu m'offenser ? Me prendriez-vous en plus pour une idiote ?

Il inspira à fond.

— J'ai parlé… sans réfléchir.

— Au contraire, je suis persuadée que vous saviez très bien ce que vous disiez. Mais ne vous inquiétez pas, je ne rapporterai pas vos paroles à votre père. Vous aurez sans doute du mal à le croire, mais j'ai trop de respect pour lui, figurez-vous.

Quand elle tourna de nouveau les talons, il la rejoignit en deux enjambées.

— Très bien, dit-il avec effort. Vous avez raison : j'ai eu tort de vous provoquer. Mais franchement, Joanna, vous ne vous attendiez tout de même pas à venir ici sans vous exposer à quelque rancœur ?

C'était maintenant de l'appréhension qui se lisait dans les beaux yeux bleus de l'Anglaise.

— De la rancœur ? répéta-t-elle en cillant.

Demetri se passa la main dans les cheveux.

— Oublions cela pour l'instant, d'accord ? Et si nous voulons parvenir à nous comprendre un tant soit peu, nous devrions peut-être essayer de nous montrer courtois l'un vis-à-vis de l'autre, vous ne croyez pas ?

Après une légère hésitation, elle répliqua d'un ton pince-sans-rire :

— Je remarque que parlez de courtoisie, pas d'amitié.

— Une chose à la fois, dit-il en désignant la table. Voulez-vous bien vous asseoir avec moi, Joanna ? Mon café va refroidir.

L'ombre d'un sourire passa sur la bouche sensuelle de Joanna tandis qu'elle venait se rasseoir, avec une certaine réticence toutefois. Après avoir porté sa tasse à ses lèvres, elle tourna les yeux vers les jardins.

— Cet endroit est vraiment très beau, murmura-t-elle.

— Oui, très beau, acquiesça Demetri en pensant davantage au profil délicat de son interlocutrice qu'aux jardins. Mon père a fait construire la villa il y a vingt-cinq ans.

— Il est très attaché à cette île, n'est-ce pas ?

— Il y est né. Il ne vous l'a pas dit ?

— Non, répondit-elle en baissant les yeux sur sa tasse. Je le croyais né à Athènes.

— Parce que le siège de la compagnie se trouve là-bas ? Ou que vous pensiez qu'un homme d'affaires aussi puissant ne pouvait avoir ses racines sur une île comme celle-ci ?

— Peut-être. De toute façon, nous avons tous des racines quelque part, monsie… Demetri. Même vous.

— Où sont les vôtres, Joanna ? À Londres ?

— Non, je suis née dans le Norfolk. Mais comme mes parents ont été tués dans un accident alors que j'étais très jeune, j'ai été élevée par une tante de mon père.

Surpris, Demetri la dévisagea en silence. Il n'avait pas anticipé ce genre de révélation…

— Et vous, poursuivit-elle. Êtes-vous né aussi à Theapolis ?

— Non, à Athènes. Comme Olivia. Alex est la seule à être née ici.

— Alex, répéta-t-elle en hochant la tête. Je ne l'ai pas encore rencontrée.

Elle attendit une fraction de seconde avant de demander :

— Vous ressemble-t-elle ?

— Sur quel plan, exactement ? Physique ? Mental ?

— Je me demandais si elle me témoignerait elle aussi de la… rancœur, répliqua-t-elle avec calme. Que craignez-vous, Demetri ? Je ne veux aucun mal à votre père.

Interloqué, il la regarda de nouveau en silence. Il ne s'était pas attendu à ce qu'elle aborde le sujet aussi ouvertement.

— Je ne comprends pas à quoi vous faites allusion, Joanna, répondit-il en souriant. Ne sommes-nous pas censés amorcer une tentative de réconciliation ?

— Ne s'agit-il pas plutôt d'inquisition ? De votre part, du moins, riposta-t-elle d'un ton vif. Pourquoi ne pas aller droit au but et me demander ce que vous désirez savoir ?

Demetri tiqua.

— C'est ce que je croyais faire, plaisanta-t-il. Quant à Alex, je suis certain que vous l'apprécierez. Elle ne ressemble en rien à Olivia, si cela répond à votre question.

— Et vous ? Vous ressemble-t-elle ?

— Ah…, commença-t-il en repoussant sa tasse. La modestie m'empêche de faire quelque comparaison.

— Vraiment ? fit-elle, l'un air sceptique.

Il s'en voulut de son manque de franchise. En fait, ce qu'il aurait vraiment aimé faire, c'était une sortie en mer, afin de s'échapper de cette atmosphère délétère. Cela faisait des semaines, voire des mois, qu'il n'avait eu une journée entière de liberté. Il tourna les yeux vers le ponton, contre lequel son voilier se balançait sur l'eau.

— À qui appartient ce bateau ? murmura Joanna.

— À moi.

— Vous naviguez souvent ?

— Quand je peux. Et vous, vous naviguez ?

— Malheureusement non, soupira-t-elle. J'avoue que je vous envie. Là où j'ai grandi, beaucoup de gens faisaient du canot et ils semblaient bien s'amuser.

— Dans la région des Broads ?

Elle ouvrit de grands yeux surpris.

— Vous connaissez le Norfolk ?

— J'ai fait le tour de l'Europe en sac à dos, pendant un an, répondit-il, désinvolte. Je suis bien sûr passé par l'Angleterre. Et plus tard, j'ai étudié à la London School of Economics.

— À la LSE ? s'exclama-t-elle, de plus en plus en plus surprise. Et vous vous êtes plu, là-bas ?

— J'ai beaucoup aimé vivre à Londres. Le monde est petit, n'est-ce pas ? ajouta-t-il en hâte, peu désireux de voir la conversation prendre un tour trop familier.

— Oui, en effet.

Joanna se mordilla la lèvre.

— Finalement, reprit-elle, je prendrais bien une tranche de pain grillé, si cela ne vous dérange pas.

— Pas du tout. Je vais demander à Maria de vous en rapporter.

— Non, ce n'est pas la peine.

Quand elle lui posa la main sur le bras pour l'empêcher de se lever, un frisson dévastateur le parcourut. Une sensation incandescente lui fusa dans le bras, se propagea dans tout son corps. Les doigts fins n'avaient fait qu'effleurer sa peau nue, pourtant. Incapable de s'en empêcher, Demetri baissa les yeux sur les seins dont le galbe se devinait sous la soie claire.

S'il ne s'éloignait pas rapidement de cette femme, il risquait fort de commettre un acte inconsidéré — et impardonnable.

— Comme vous voudrez, dit-il poliment. À présent, je dois vous quitter : Spiro m'attend pour travailler. Et si vous désirez quoi que ce soit, n'hésitez pas à appeler Maria.

5.

Joanna regarda Demetri disparaître à l'intérieur de la villa. Elle réprima un frisson, qui n'avait plus rien à voir avec l'appréhension ressentie en arrivant sur la terrasse. Qu'est-ce qui lui prenait ? Elle ne pouvait désirer cet homme. C'était hors de question !

À vingt-six ans, elle avait l'impression d'en avoir terminé avec toute vie amoureuse et sexuelle — c'était d'ailleurs pour cette raison qu'elle s'entendait aussi bien avec Constantine : il ne lui demanderait jamais rien qu'elle ne puisse lui accorder.

Un nouveau frisson la parcourut, désagréable cette fois-ci. Combien de temps lui faudrait-il pour se sortir complètement Richard de la tête et dépasser cette lamentable et douloureuse expérience ? Parfois, elle craignait de ne jamais y parvenir, ce qui la déprimait profondément.

Elle redressa les épaules et prit une tranche de pain grillé. Constantine n'apprécierait pas qu'elle reste là à s'apitoyer sur son propre sort. Il désirait qu'elle profite au maximum de son séjour. En plus du rôle qu'il lui avait demandé de jouer, il avait voulu lui offrir la possibilité de s'affranchir des murs qu'elle avait dressés autour d'elle pour se protéger.

Joanna étala une épaisse couche de beurre sur le pain grillé. Elle se promit de savourer les instants privilégiés que lui offrait Theapolis. Elle ne laisserait ni Olivia ni Demetri Kastro lui gâcher son plaisir.

*
* *

— Il faut faire venir un médecin ! s'exclama Pétros en l'accueillant dans la suite de Constantine.

— Pourquoi dites-vous cela ? s'affola Joanna. Que s'est-il passé ?

— Je le connais depuis des années, madame Manning. Il n'est pas comme d'habitude. Il dort beaucoup trop !

— Il est fatigué, hasarda-t-elle sans grande conviction.

— Nous devons en parler à monsieur Demetri.

— Non ! répliqua Joanna d'une voix ferme.

— Mais il dort tout le temps, insista Pétros. Ce n'est pas normal.

Joanna se força à refouler son inquiétude. Depuis sa sortie de l'hôpital, Constantine avait passé quasiment toutes ses journées à se reposer. Et, comme elle l'avait fait remarquer à Demetri, la journée de la veille avait été particulièrement éprouvante pour lui, surtout après le voyage qui l'avait précédée. Par conséquent, le vieil homme avait besoin de récupérer et dormait beaucoup.

— Je préfère en juger d'abord par moi-même, dit-elle en traversant le salon.

— Très bien, maugréa Pétros.

Après avoir poussé doucement la porte de la chambre, Joanna s'avança d'un pas, la referma sans bruit derrière elle puis se dirigea vers le lit. Constantine avait les yeux clos ; dès qu'elle s'approcha, il souleva lentement les paupières.

— Je suis venue comme promis, murmura-t-elle, la gorge serrée. Comment te sens-tu ?

— Pas aussi bien que je l'avais escompté, hélas, répondit-il avec un petit sourire en coin. Quelle heure est-il ?

S'asseyant au bord du lit, Joanna lui prit la main.

— Midi et demi. Tu veux déjeuner ?

— Déjeuner ? répéta-t-il avec une légère moue de dégoût. À vrai dire, je n'ai pas encore très faim.

— Eh bien, ce n'est pas grave, tu mangeras plus tard,

lui retourna-t-elle en souriant. Tu as pris tes médicaments ? Tu as besoin de quelque chose ?

— Non, merci. J'ai tout ce qu'il me faut. Et dans quelques heures, je serai debout. Mais je crains que nous ne devions remettre notre petite sortie à demain.

— Pas de problème, affirma Joanna.

Après un moment d'hésitation, elle ajouta :

— Veux-tu que je dise à Demetri que…

— Pas question ! s'exclama-t-il, comme s'il avait retrouvé toute sa vivacité. Je veux que tu me promettes de ne rien lui dire. S'il soupçonnait que je ne suis pas tiré d'affaire, il annulerait le mariage. Je connais mon fils : il est bon et je l'aime, mais je ne tolérerai pas qu'il me traite en invalide et détruise le bonheur d'Alex.

Hélas, le bonheur de la jeune femme serait détruit de toute façon quand elle apprendrait la vérité concernant son père, songea Joanna avec tristesse. Demetri lui aussi serait dévasté ; ainsi qu'Olivia.

— Il s'attend à te voir cet après-midi pour faire un point professionnel, dit-elle d'une voix posée. Il va forcément me demander ce qu'il se passe, d'autant qu'il n'a pas paru très convaincu par mes explications, ce matin.

Un sourire à la fois malicieux et amer passa sur les lèvres minces de Constantine.

— Eh bien, tu vas devoir improviser, Joanna. Je suis sûr que tu trouveras le moyen d'endormir ses soupçons. Sers-toi de ton imagination.

Elle le dévisagea en écarquillant les yeux, écarlate.

— Tu ne me demandes tout de même pas de…

— Mais non ! l'interrompit-il avec une pointe d'impatience. Demande-lui par exemple de t'emmener voir les ruines du temple d'Athéna. Demetri connaît très bien l'histoire de Theapolis ; comme le site se trouve à l'endroit le plus élevé de l'île, la vue…

Sa voix s'éteignit, comme s'il avait épuisé toute son énergie.

— Je suis désolé, reprit-il au bout d'un moment. J'aurais tellement aimé te faire visiter mon île.

Joanna serra sa main dans la sienne.

— Tu le feras ! affirma-t-elle avec force, avant de se lever et de lui lâcher la main. Je reviendrai tout à l'heure, quand tu seras bien reposé.

Elle sourit, puis embrassa le bout de ses propres doigts et les lui posa sur le front.

— Je tiens à toi. Tu le sais, n'est-ce pas ? murmura-t-elle.

Constantine sourit à son tour, mais il avait refermé les yeux. Le sourire demeura sur ses lèvres, alors qu'il avait déjà sombré de nouveau dans le sommeil. Une anxiété affreuse s'empara d'elle. La situation devenait de plus en plus compliquée et délicate. Constantine faisait peser sur elle une responsabilité énorme. Et lorsque Demetri le découvrirait…

Après avoir expliqué à Pétros que son maître se lèverait plus tard — ce qui lui valut un regard plus que sceptique —, Joanna l'informa qu'elle déjeunerait sur le balcon. Le fidèle serviteur étant trop poli pour lui dire le fond de sa pensée, il dressa la table sous un grand parasol bleu et blanc.

Quand il se fut éclipsé, elle s'appuya le menton sur la main et contempla la vue. Cet endroit était vraiment idyllique. Si seulement elle avait pu y venir en d'autres circonstances…

Pétros lui servit un succulent repas, composé d'une salade à l'avocat, aux poivrons et aux olives, suivie d'une omelette aux herbes particulièrement goûteuse. Concentrée sur la nourriture, Joanna fit de son mieux pour savourer l'instant présent ; toutefois, la faiblesse de Constantine continuait de l'inquiéter.

Étrangement, elle avait faim — cela faisait des années qu'elle ne dévorait plus ses repas avec appétit. Celui-ci avait peu à peu disparu lorsque, après la mort de ses parents, emportés par une avalanche en Autriche, Joanna avait été confiée à une tante de son père, célibataire et âgée. Chez tante Ruth, les repas n'avaient vraiment rien de festif. C'était en effet à ces moments-là que la vieille femme se lamentait sur son sort, répétant qu'*avant* — sous-entendu : avant l'arrivée de Joanna — elle avait déjà à peine de quoi survivre et que maintenant elle devait *en plus* se priver pour nourrir une bouche supplémentaire. Et puis sa nièce grandissait trop vite à ses yeux : il fallait toujours lui acheter de nouvelles chaussures, de nouveaux vêtements…

D'abord confuse et écrasée par le chagrin, Joanna avait vite compris que sa vie ne serait plus jamais la même. Et à seize ans, elle savait déjà ce qu'elle ferait après avoir passé son examen de fin de scolarité. Poursuivre ses études était hors de question, évidemment. Tante Ruth aurait dit qu'elle n'en avait pas les moyens. En outre, Joanna n'avait aucun désir de continuer à représenter un fardeau pour elle.

Mais alors que, à dix-huit ans, elle s'apprêtait à quitter sa tante pour trouver du travail et devenir indépendante, le destin en avait décidé autrement. Ruth avait fait un infarctus. Alors, Joanna était restée pour s'occuper d'elle. Pendant quatre ans, elle avait servi d'infirmière à sa tante, réussissant tant bien que mal à joindre les deux bouts avec le peu d'allocations versées par les services sociaux.

Ce n'était qu'à la mort de Ruth que Joanna avait découvert que son père avait pris des dispositions testamentaires qui désignaient sa tante comme bénéficiaire d'un fidéicommis destiné à sa fille. Durant des années, cet argent avait fructifié, au lieu de permettre à Joanna de jouir d'un peu plus de confort et de faire des études. Pour des raisons connues d'elle seule, Ruth avait préféré ne pas y toucher et décidé de ne pas mettre sa nièce au courant de l'existence de cette manne.

Une fois remise du choc provoqué par cette découverte,

Joanna avait vendu la maison minuscule où elle avait passé la fin de son enfance et son adolescence, puis s'était acheté un appartement confortable à Kensington. Après s'y être installée, elle s'était fait couper les cheveux, avait renouvelé sa garde-robe et s'était offert des vacances en Sardaigne. Où elle avait rencontré Richard…

Comme pour la ramener au présent, un nuage passa soudain devant le soleil, projetant brièvement de l'ombre sur le balcon. Joanna repoussa son assiette, se leva et alla s'accouder à la balustrade en fer forgé presque brûlante.

Comment avait-elle pu être aussi naïve ? se demanda-t-elle pour la énième fois. Comment avait-elle fait pour ne se douter de rien ? Alors âgée de vingt-deux ans, elle était très en retard côté sexualité. Elle n'avait même jamais eu de véritable petit ami, tante Ruth ne lui ayant jamais permis de sortir avec des camarades. Comme en plus la vieille dame avait fait en sorte que sa nièce se sente obligée envers elle, Joanna ne s'était jamais autorisée à la décevoir.

C'était entre autres à cause de son inexpérience que Richard l'avait autant impressionnée. Grand, beau, blond, ayant fait des études supérieures dans une université réputée et occupant un poste important à la City, il avait été à ses yeux l'incarnation même de l'homme idéal. Qu'il passe ses vacances avec un homme n'avait pas semblé étrange à Joanna. Elle le trouvait si charmant et si sophistiqué qu'elle avait été terriblement flattée qu'il s'intéresse à elle.

Ces vacances s'étaient révélées enchanteresses. Richard et elle se voyaient beaucoup. Il l'emmenait faire de longues balades dans la voiture qu'il avait louée, l'invitait à dîner dans les meilleurs restaurants. Lorsqu'elle lui avait fait remarquer qu'il négligeait son ami, il avait répliqué avec un sourire désarmant que cela n'avait aucune importance. Que c'était avec *elle* qu'il souhaitait passer ces moments merveilleux. Et Joanna n'avait aucune raison de ne pas le croire.

Une fois de retour à Londres, Richard l'avait appelée. Elle était aux anges : ainsi, il ne s'agissait pas d'un flirt passager ; il s'intéressait *vraiment* à elle. Comme il n'avait jamais tenté de l'embrasser, Joanna avait craint de ne pas être assez séduisante pour lui plaire, mais cet appel avait dissipé toutes ses peurs, tous ses doutes. D'autant plus que, quand elle lui avait fait part de ses interrogations, Richard avait affirmé qu'il était resté distant par respect pour elle.

À ce souvenir, elle ne put retenir une moue de dégoût. Par *respect*… Richard ne connaissait même pas le sens de ce mot ! Il s'était servi d'elle, point final. Dès le début, il avait eu une idée derrière la tête. Il l'avait manipulée, il n'y avait pas d'autre terme.

Refusant de se laisser submerger par le mélange de colère et d'amertume qui l'envahissait, Joanna décida d'aller faire un tour. Elle quitta sa suite et descendit au rez-de-chaussée.

Elle venait de traverser le hall pavé de marbre et arrivait devant la porte donnant sur l'extérieur lorsqu'une voix grave et profonde l'interpella par son prénom…

Un frisson incontrôlable traversa Joanna. Elle se maudit de réagir de façon aussi intense, aussi *physique*, au simple son de la voix de Demetri.

— Où allez-vous ? demanda-t-il en la rejoignant. Et où est mon père ?

Elle se tourna vers lui avec réticence. Les effluves épicés de son eau toilette raffinée lui caressèrent les narines, agrémentés de sa fragrance personnelle, mâle, musquée…

— Je… J'allais me balader. Il fait si beau.

— Et beaucoup trop chaud pour s'aventurer dehors sans même un chapeau pour vous protéger du soleil, répliqua-t-il d'un ton sévère.

Il baissa les yeux sur ses bras nus, se demandant sans

doute si elle s'était enduite de crème solaire. Ce qu'elle aurait dû faire, en effet.

— Je ne compte pas m'aventurer bien loin.

— Seule ? Mon père ne vous accompagne pas ?

— Non. Je crois qu'il a besoin de solitude et de repos, aujourd'hui. D'ailleurs, il m'a demandé de l'excuser auprès de vous car il ne pourra pas vous voir cet après-midi.

— Il semble décidément vous considérer comme sa messagère, riposta Demetri en pinçant les lèvres. Vous êtes désormais la seule à être digne de sa confiance, on dirait…

— Pas du tout, protesta Joanna. Il se sent encore un peu faible, c'est tout, et je pense qu'il a raison de se reposer.

Lorsque Demetri la contempla en silence, elle eut l'impression désagréable qu'il lisait en elle.

— Et vous n'avez pas jugé bon d'appeler le médecin ? demanda-t-il enfin.

Évidemment, elle aurait dû s'attendre à cette question.

— Non. Il ne le souhaite pas. Il a son traitement, cela devrait suffire.

— C'est vous qui en avez décidé ainsi ?

— Non, c'est votre père. Et vous le connaissez, il est têtu.

— En effet.

Il darda sur elle son regard intense avant d'ajouter :

— Et maintenant, vous vous retrouvez livrée à vous-même.

Joanna haussa les épaules.

— Non. Je… J'ai eu tout à coup envie d'aller faire un tour.

— En plein milieu de la journée ?

— Il est déjà 14 heures, fit-elle remarquer après avoir jeté un coup d'œil à sa montre.

— Donc midi à l'heure du soleil. Me permettez-vous de vous conseiller vivement de rester à l'intérieur de la villa et d'attendre avant d'aller *faire un tour* ?

— Serait-ce un ordre ?

— Non. Seulement le conseil de quelqu'un qui connaît peut-être ce climat un peu mieux que vous. Je ne voudrais pas que vous soyez victime d'une insolation. Mon père dirait exactement la même chose à ma place, et je ne doute pas un instant qu'il compte sur moi pour veiller sur son… amie.

— Très bien, se résigna-t-elle. Je retourne dans ma suite.

— Vous pouvez aussi vous installer à côté de la piscine ou sur la terrasse. Vous y serez tranquille et à l'abri du soleil : il y a des parasols.

Pour que lui ou Olivia viennent l'y rejoindre et la soumettent à un nouvel interrogatoire ? Pas question !

— Merci, répondit Joanna avec un sourire poli. Je préfère aller lire en haut.

Puis, sans lui laisser le temps de répliquer quoi que ce soit, elle se détourna et se dirigea rapidement vers l'escalier.

6.

En fin d'après-midi, Demetri décida d'aller voir son père. Joanna avait manifestement préféré rester enfermée dans sa suite. Pourtant, il avait fait preuve d'une extrême politesse envers elle, non ? Constantine n'aurait jamais dû l'amener à Theapolis, se répéta-t-il en s'avançant dans le couloir. Son père ne voyait-il pas qu'il s'était laissé embobiner par cette femme ?

Pétros parut soulagé de le voir. Le pauvre, lui aussi devait avoir du mal à s'y retrouver, dans cette situation. Remarquant que la porte de la chambre était entrouverte, Demetri se raidit.

— Mme Manning est avec mon père ?

— Non, répondit Pétros en se tordant les mains. Elle est repassée vers midi et demi et je ne l'ai pas revue depuis.

— Et mon père ? Comment va-t-il ?

Le fidèle valet le regarda d'un air confus.

— Son état n'a pas changé.

— Son état ? s'alarma Demetri. Quel état ?

— Mais vous devez être au courant... Mme Manning...

Pétros s'interrompit brusquement, comme s'il craignait d'en avoir trop dit.

— Eh bien ? Mme Manning ? Poursuivez, Pétros !

L'air franchement mal à l'aise, celui-ci déglutit avec peine.

— Je ne sais pas ce qu'elle vous a dit, monsieur Demetri,

mais votre père n'est pas bien. Il a dormi quasiment toute la journée.

— Oui, je sais, répliqua Demetri avec impatience. Mme Manning m'a dit qu'il était fatigué et qu'il avait besoin de se reposer.

— Il n'a rien mangé, insista Pétros, sur la défensive. Il devait déjeuner avec Mme Manning, mais elle a pris son repas seule.

— Vous en êtes sûr ?

— Absolument, répondit le serviteur, l'air offensé. Je l'ai servie moi-même. Elle ne vous l'a pas dit ?

— Elle a dû y faire allusion, effectivement, mentit Demetri. Et maintenant, est-il réveillé ?

— Je ne sais pas. Vous devriez peut-être plutôt poser la question à Mme Manning.

— Je croyais qu'elle n'était pas ici.

— Non, en effet. Je voulais simplement dire que…

— Je sais ce que vous vouliez dire, Pétros, l'interrompit Demetri. Vous me décevez. J'avais cru pouvoir compter sur vous pour m'avertir que mon père n'était pas bien, et non avoir à questionner Mme Manning.

Pétros eut l'air blessé par ses reproches, mais l'échange s'arrêta là car la porte de la chambre venait de s'ouvrir sur Constantine, qui s'arrêta sur le seuil.

— Que se passe-t-il ? demanda-t-il d'un air sévère.

Un soulagement immense gagna Demetri en voyant son père debout.

— Demetri ? reprit celui-ci. Que fais-tu ici ? J'avais chargé Joanna de te dire que nous nous verrions demain.

Le soulagement fit place à de l'irritation, remplacée à son tour par un regain d'anxiété. Le visage amaigri de son père était d'une pâleur anormale.

— J'étais un peu inquiet et je me demandais pourquoi tu avais repoussé notre rendez-vous, répondit Demetri avec un sourire forcé.

— Mais, Joanna…

— Mme Manning m'a expliqué que le voyage t'avait épuisé et que la réception organisée par Olivia t'avait fatigué. Mais je suis ton fils, non ? Alors j'ai pensé que j'avais le droit de venir m'assurer personnellement que tu te reposais et que tu ne manquais de rien.

Non seulement son père avait le teint blême, mais la fatigue creusait ses traits. En outre, il s'appuyait d'une main au chambranle pour se soutenir.

— Tu as raison. Pardonne-moi, Demetri. Viens, entre, ajouta-t-il en tournant la tête vers l'intérieur de la chambre.

— Tu es sûr que tu n'es pas trop fatigué pour parler ?

Un faible sourire remonta le coin des lèvres minces.

— Comme tu l'as dit, tu es mon fils. Et mon successeur. Alors je peux bien t'accorder quelques minutes, n'est-ce pas ?

Après un instant d'hésitation, Demetri demanda à Pétros de leur apporter des boissons fraîches, avant de suivre son père — qui se recoucha aussitôt avec un soupir de soulagement. Partageait-il ce lit avec Joanna ? Il s'interdit de se poser ce genre de question maintenant. La jeune femme occupait une suite séparée, de toute façon. N'était-ce pas là qu'il les avait trouvés ensemble la veille ?

— Comme tu peux le constater, commença Constantine, je ne suis pas aussi costaud que je le voudrais. Mais cela viendra, il suffit d'être patient.

— Bien sûr, répliqua-t-il d'une voix rauque en s'asseyant au pied du lit. Et si cela peut te réconforter, Kastro International est entre de bonnes mains.

— Je le sais bien. J'ai totalement confiance en toi, Demetri. Je sais que tu ne me décevras jamais et que tes sœurs peuvent compter sur toi.

— Je suis heureux de te l'entendre dire.

— En avais-tu douté ?

— Eh bien…

Comment avouer à son père que depuis l'entrée en scène de Joanna Manning il ne se sentait plus sûr de rien ?

— Oh ! je sais que cela n'a pas toujours été facile pour toi, Demetri. Et que si la situation avait été différente, tu aurais eu un frère, ou même *des* frères, pour partager le fardeau qui pèse sur tes épaules. Mais… malheureusement, ta mère n'était pas bien forte, et la naissance d'Alexandra a eu raison de sa santé fragile.

— Je sais, papa, répliqua-t-il, soudain mal à l'aise.

On aurait dit que Constantine le préparait déjà à devoir porter seul le fardeau qu'il venait d'évoquer.

Entendant la porte s'ouvrir derrière lui, il se retourna, s'attendant à voir Pétros leur apporter des rafraîchissements. Mais c'était Joanna, immobile sur le seuil, le visage fermé.

Après avoir foudroyé Demetri du regard, la belle Anglaise s'avança rapidement. Elle s'arrêta à côté du lit, puis se pencha pour prendre la main de son père.

— Que se passe-t-il, Constantine ? demanda-t-elle, l'air sincèrement inquiète. C'est toi qui as demandé à Demetri de venir te voir ?

Cette fois, c'en était trop !

— Qu'entendez-vous par là, madame Manning ? lança-t-il d'un ton vif. Je ne suis pas venu importuner mon père !

— Du calme, du calme, dit celui-ci en soupirant. Joanna, ma chère, tu n'as pas besoin de me protéger. Quant à toi, mon fils, tu dois pardonner à Joanna. Elle ne songe qu'à mes intérêts, crois-moi.

— Comme nous tous, papa, acquiesça Demetri, qui se contrôlait à grand-peine. Préfères-tu que je m'en aille ?

— Mais non ! se récria-t-il en levant sa main libre. Et surtout, pas comme ça !

Il regarda Joanna, maintenant assise sur le bord du lit.

— Joanna, je veux que vous soyez amis, Demetri et toi. Pas ennemis. S'il te plaît, faites-le pour moi.

— Je… Demetri et moi ne sommes pas ennemis, répliqua-t-elle en souriant à Constantine.

— J'en suis heureux.

— Je crois que nous devrions te laisser, dit brusquement Demetri.

Joanna tourna les yeux vers lui.

— Oui, vous avez raison : laissez votre père se reposer.

— Vous n'êtes pas son infirmière, riposta-t-il, irrité. Nous devrions nous en aller tous les deux et laisser Pétros lui donner ses médicaments.

Elle hésita, reconnaissant sans doute en son for intérieur qu'il avait raison. Finalement, elle se leva, mais en gardant la main de son père dans les siennes.

— Tu préfères rester seul, Constantine ?

— Je crois qu'il vaut mieux que je me repose, en effet, répondit-il gentiment.

Au moment où Demetri se dirigeait vers la porte, il ajouta :

— À demain, mon fils. Et si je suis encore trop… faible, voudras-tu bien t'occuper de Joanna ?

— Ce ne sera pas la peine, répliqua-t-elle aussitôt.

Son père continua de le regarder d'un air interrogateur — et presque suppliant, remarqua-t-il avec un pincement au cœur.

— Bien sûr, papa, fit-il en inclinant légèrement la tête. Je m'acquitterai de cette tâche avec plaisir.

Le lendemain matin, Joanna fut un peu rassurée d'apprendre par Pétros que Constantine avait pris un demi-bol de soupe la veille au soir et qu'il avait passé une assez bonne nuit. Après tout, si les médecins l'avaient autorisé à prendre l'avion, c'était qu'ils avaient jugé qu'il pourrait supporter le voyage.

De son côté, elle n'avait pas très bien dormi. Au cours du dîner, qu'elle avait dû partager avec Demetri et sa sœur, ceux-ci avaient fait preuve de politesse et de réserve à son égard. Mais la perspective de revoir Demetri et de passer une partie de la journée avec lui l'emplissait d'appréhension. D'autant qu'elle soupçonnait qu'il n'avait pas la moindre envie de *s'occuper* d'elle : il avait accepté parce qu'il n'avait pas osé dire non à son père.

Cet homme était trop intelligent pour laisser transparaître ses sentiments. Par moments, Joanna avait l'impression qu'il ressentait davantage que de l'antipathie pour elle. La haïssait-il ? En voulait-il à son père de l'avoir amenée à Theapolis ? Ou la haïssait-il simplement parce qu'il la prenait pour une créature intéressée…

Peu importait. Ce qui était certain, en revanche, c'était qu'elle se serait volontiers passée de sa compagnie. Mais après avoir constaté par elle-même que Constantine n'était toujours pas suffisamment bien pour quitter sa chambre, elle était bien obligée d'accepter la compagnie de son fils, même si elle ne l'aimait pas et se méfiait de lui.

Joanna choisit dans son dressing la tenue la plus sobre et la moins sexy : un pantalon en lin blanc cassé et une veste sans manches assortie. Constantine lui avait suggéré de prendre le petit déjeuner en bas, au lieu de rester cachée dans sa suite. Il n'avait pas employé ces termes, mais elle avait compris le sous-entendu. De son côté, elle aurait préféré rester le plus longtemps possible dans sa suite, mais elle tenait à faire plaisir à son ami.

Par chance, la terrasse était déserte. Demetri et Olivia avaient sans doute déjà pris leur petit déjeuner, songea Joanna en apercevant quelques miettes sur la nappe blanche. Un seul couvert était dressé — probablement pour elle —, aussi tira-t-elle une chaise pour s'y asseoir, même si elle n'avait pas grand appétit.

Presque instantanément, Maria apparut et lui demanda dans son anglais hésitant ce qu'elle souhaitait manger. Elle répondit qu'elle se contenterait d'un peu de café.

— Vous ne désirez pas prendre quelque chose de plus consistant ? demanda alors une voix familière.

Maudissant son corps traître qui avait aussitôt réagi,

Joanna leva les yeux. Demetri se dirigeait lentement vers elle.

— Vous m'espionniez ? demanda-t-elle en pinçant les lèvres. Depuis combien de temps ?

— Depuis un moment, répondit-il d'un ton détaché.

Passant à côté d'elle, il s'avança jusqu'au muret de pierres avant de se retourner.

— Comment allez-vous, ce matin ? Et comment va mon père ?

— Vous ne le savez pas ?

Elle avait toujours du mal à se montrer polie avec lui. Quoi qu'il dise, quoi qu'il fasse, cet homme réussissait à provoquer des réactions malvenues en elle. Et le pire, c'était qu'il le faisait sans doute exprès.

— Si je le savais, je ne vous poserais pas la question. Mais vu que vous êtes sa maîtresse, vous êtes la mieux placée pour savoir comment il va.

— Je ne suis pas…

Idiote ! Eh bien, elle n'avait plus qu'à improviser…

— Je ne suis pas médecin. Mais je crois qu'il va mieux.

— Je suis soulagé de l'apprendre, répliqua-t-il en s'appuyant contre le muret.

Il portait un bermuda en coton bleu marine, à la fois décontracté et élégant. Joanna s'interdit de s'attarder sur les jambes musclées offertes à son regard. Quant à la chemise blanche entrouverte à l'encolure, qui avait sans doute été coupée sur mesure par un styliste réputé, elle laissait entrevoir une fine toison brune. Même ses espadrilles avaient un petit je-ne-sais-quoi de chic.

Joanna déglutit en ne pouvant s'empêcher d'imaginer le corps athlétique en partie dissimulé sous ces vêtements…

— Alors, qu'aimeriez-vous faire ?

— Pardon ? demanda-t-elle en battant des cils. Je ne sais pas de quoi vous…

— Qu'aimeriez-vous faire ce matin ? reprit-il patiemment.

Seigneur, il semblait savourer son embarras !

— J'avais pensé que nous pourrions faire le tour de l'île en voiture, poursuivit-il en enfonçant les mains dans ses poches de bermuda. Et je pourrais vous faire visiter les ruines du temple d'Athéna, qui date du IVe siècle avant Jésus-Christ.

La bouche sèche, Joanna se concentra sur le logo qui ornait sa poche de poitrine.

— Je... Vous n'êtes pas forcé de vous occuper de moi, vous savez.

— Mais je ne me sens pas forcé à quoi que ce soit : je le désire, corrigea-t-il en s'écartant du muret. Ah, voici Maria, avec votre petit déjeuner.

Joanna tourna les yeux vers la jeune femme qui s'avançait avec un grand plateau garni — et pas seulement de café. Si Demetri restait là à la regarder, elle ne pourrait rien avaler. Que désirait-il, exactement ? Jouait-il les chevaliers servants parce que son père le lui avait demandé, ou avait-il une idée derrière la tête ?

Machinalement, elle regarda Maria poser le pichet de lait et les corn-flakes, le jus d'orange fraîchement pressé, un panier de pain grillé et une cafetière dont montait un arôme puissant. Et une seconde tasse, remarqua Joanna avec appréhension. Ce qui signifiait qu'elle était censée inviter Demetri à se joindre à elle ?

— Désirez-vous autre chose, madame ?

— Non, c'est parfait. Merci.

— Vous pouvez disposer, Maria, intervint alors Demetri.

Puis il se tourna vers Joanna.

— Je vais vous laisser prendre votre petit déjeuner tranquillement.

Avait-il lu dans ses pensées ? se demanda-t-elle.

— Et je propose que nous nous retrouvions à...

Il baissa les yeux sur sa montre en or.

— ... 9 h 30. Cela vous convient ?

— Je... Oui, d'accord. Merci.

— Vous n'avez pas à me remercier, Joanna, répliqua-t-il, le regard impénétrable. Je suis ravi de vous faire découvrir notre île.

Mais oui, bien sûr…

Furieuse contre Demetri — et contre elle-même —, Joanna versa des corn-flakes dans le bol en porcelaine blanche en se reprochant de s'être laissé intimider. Constantine comptait sur elle ; par conséquent, elle jouerait son rôle jusqu'au bout, coûte que coûte.

7.

— Qu'est-ce que tu dis ? s'exclama Olivia en écarquillant les yeux.

— Que je vais lui faire découvrir notre île.

— Je n'en reviens pas ! Tu veux qu'elle se sente la bienvenue parmi nous, c'est ça ?

— Non.

Le métal lui brûlait le dos, mais Demetri resta appuyé contre la jeep, feignant d'être parfaitement à l'aise et maître de la situation.

— Tu préférerais peut-être que je l'emmène en mer ? Ou que je reste à bavarder avec elle au bord de la piscine ?

— Pourquoi devrais-tu faire quoi que ce soit avec elle ? rétorqua vivement sa sœur. Laisse-la s'amuser toute seule. Elle s'ennuiera vite si elle doit passer toutes ses journées dans sa chambre. Et elle finira peut-être par s'en aller.

— Je ne crois pas, répliqua Demetri. Mme Manning est beaucoup plus intelligente que tu ne le crois.

Olivia lui décocha un regard glacial.

— On dirait que tu succombes aussi à son charme, fit-elle avec dédain. Fais attention, Demetri. Notre père a beau te demander de t'occuper d'elle, il n'apprécierait pas que tu profites de son incapacité à le faire lui-même.

— Pour qui me prends-tu, bon sang ? riposta-t-il sèchement.

— Pour un homme viril et bien portant qui s'implique délibérément avec une femme sans scrupule ! Demetri, ne me dis pas que tu ne la trouves pas attirante physiquement : cette femme, c'est… le sex-appeal incarné ; comme tu n'as pas manqué de le remarquer, j'en suis certaine.

— Je…

Comment aurait-il pu le nier ? Cependant, il était déterminé à ne pas laisser Olivia avoir le dernier mot.

— Tu es folle, dit-il, faute de mieux. Méfie-toi, Livvy, ou je vais finir par croire que tu es jalouse.

— Jalouse ! D'elle !

De toute évidence, il avait visé juste…

— Non, je ne suis pas jalouse de cette femme, Demetri, mais je m'inquiète vraiment de voir qu'elle exerce une réelle influence sur notre père. Qui sait ce qu'il pourrait accepter de faire, dans l'état de faiblesse où il se trouve.

— À quoi penses-tu ?

— Je ne sais pas…, soupira sa sœur. Mais une chose est sûre : nous avons affaire à une sacrée croqueuse de diamants.

Au moment où Demetri allait répliquer, Joanna apparut sur le seuil de la villa, les cheveux rassemblés en chignon strict, comme la première fois qu'il l'avait rencontrée. Par ailleurs, elle portait le même ensemble qu'au moment du petit déjeuner, mais la veste entrouverte laissait entrevoir un T-shirt violet foncé lui couvrant la gorge et les bras. En matière de « sex-appeal incarné », il y avait mieux ! se dit-il avec humour. Tout en ne pouvant s'empêcher d'être déçu.

Suivant la direction de son regard, Olivia sembla réprimer un commentaire acide. Elle se tourna une dernière fois vers lui et le toisa avec hauteur, puis se dirigea vers la villa. Elle passa à côté de Joanna sans même la saluer, avant de disparaître dans le hall.

Voyant que la jeune femme restait immobile, l'air dérouté, Demetri s'avança lentement vers elle.

— Prête ?

Il baissa les yeux sur le chapeau de paille qu'elle tenait à la main.

— Je vois que vous avez suivi mon conseil.

Puis, se rendant compte qu'il était sur le point de lui sourire, il se ressaisit. Livvy avait raison, il tombait sous le charme de cette femme. Ce qui était absolument hors de question.

— Nous allons prendre la jeep, dit-il. Les routes sont un peu accidentées, par ici.

— Pas de problème.

Elle jouait la comédie autant que lui, songea Demetri. Il feignit de ne pas remarquer qu'elle avait du mal à ouvrir la portière du véhicule. Pas question non plus de lui prendre le bras pour l'aider à s'installer sur le siège. Il rendait service à son père, rien d'autre. Et tant qu'à faire, il en profiterait pour tâcher d'en savoir un peu plus sur leur relation. Livvy serait ravie et lui ficherait la paix.

Quand il s'assit au volant, un parfum subtil et fleuri, un brin sensuel, lui caressa les narines. La simple proximité de cette femme était une provocation. Au moment où il démarrait, Spiro sortit de la villa et lui adressa un signe de la main en souriant. Peut-être aurait-il mieux valu demander à son assistant de les accompagner…

Trop tard. Le véhicule roulait déjà dans l'allée.

Quand ils eurent quitté la propriété, Demetri expliqua à Joanna qu'à la différence des îles voisines, dont l'économie reposait essentiellement sur le tourisme, Theapolis tirait ses principales ressources de la culture des citronniers et des oliviers. La propriété des Kastro était située dans la partie sud et occidentale de l'île. Agios Antonis, le port local le plus important, se trouvait de l'autre côté ; durant l'été, des ferries s'y arrêtaient quasiment tous les jours.

La route devenait plus étroite à mesure qu'elle serpentait à flanc de colline. Dans ce paysage aride, seules quelques chèvres s'aventuraient sur les pentes escarpées. Mais depuis les hauteurs, la vue n'en était que plus spectaculaire. On pouvait en effet voir l'île tout entière s'étaler en contrebas. Même si Joanna s'accrochait à son siège, elle parut impressionnée en voyant les ruines du temple surgir tout à coup devant eux, après un dernier lacet.

Elle avait ôté son chapeau à présent, et la brise avait mis son chignon à rude épreuve. Elle s'efforça de se recoiffer avec les doigts, avant de renoncer rapidement et d'ôter une à une les épingles retenant ses cheveux. Quand elle secoua la tête, Demetri — qui l'observait du coin de l'œil — s'interdit de se réjouir de la métamorphose. Car il brûlait de glisser les mains dans la longue chevelure soyeuse soulevée par le vent.

Des petites mèches voltigeaient autour de son visage, qu'elle tenta de repousser derrière l'oreille.

— Tant pis ! s'exclama-t-elle lorsqu'il coupa le contact.

Après avoir remis son chapeau, elle ajouta :

— Je ne peux pas faire mieux…

Pas de problème, eut-il envie de répliquer. *Je vous préfère ainsi — et sans chapeau*. Mais il n'en fit rien et descendit de la jeep avant de s'avancer sur le sentier caillouteux conduisant au temple qui se dressait au centre du plateau rocheux.

Quand il s'arrêta pour contempler la vue, il entendit Joanna ouvrir sa portière, puis s'avancer sur les cailloux. Ensuite ce fut le silence. Après l'avoir rejoint, elle regardait autour d'elle. À quoi pensait-elle ?

Elle avait ôté sa veste. Comment avait-il pu trouver *banal* ce T-shirt violet ? Il moulait son buste comme une seconde peau — d'autant que, de toute évidence, elle ne portait pas de soutien-gorge…

Le silence perdura. La jeune femme ne fit pas le moindre commentaire sur le panorama grandiose. Comme lui, elle semblait souhaiter garder ses distances, sans doute pour des raisons bien différentes des siennes.

Demetri regagna la jeep, prit la clé de contact qu'il fourra dans sa poche, puis désigna les ruines d'un petit mouvement de tête.

— Vous voulez aller voir le temple de plus près ?

— Pourquoi pas ? répliqua-t-elle d'un ton neutre.

— Les vestiges de valeur ont été transportés dans un musée archéologique d'Athènes. Toutefois, l'autel des sacrifices est toujours là, bien que l'île soit devenue chrétienne au IIe siècle avant Jésus-Christ.

— Vous intéressez-vous aussi aux antiquités, comme votre père ?

— Non. Je ne partage pas ses goûts en la matière, riposta-t-il d'une voix crispée en s'avançant vers les ruines. Si vous voulez bien me suivre…

L'espace d'un instant, Demetri crut qu'elle ne bougerait pas. Quand il se retourna, il la vit serrer brièvement les poings. Les joues roses, les yeux étincelants, elle se retenait sans doute de lui dire qu'il pouvait aller se faire voir. Mais pourquoi avoir fait allusion à son père, bon sang ? Ne comprenait-elle pas qu'il n'avait pas le moindre désir de se rappeler qui elle était ? Ou les raisons qui l'avaient amenée sur cette île ?

Subitement, elle parut prendre une décision : elle rajusta la bandoulière de son petit sac en cuir, s'avança vers le mur dont il ne restait que le soubassement et l'enjamba. Ensuite, elle redressa les épaules et se dirigea vers lui en soutenant son regard.

— Je suis là, dit-elle.

Comme s'il ne s'en rendait pas compte !

— Alors, finissons-en avec ce… fiasco, vous voulez bien ? conclut-elle.

— Je suis désolé de vous avoir offensée, soupira Demetri.

Elle tourna un instant les yeux vers les restes des hautes colonnes gardant le sanctuaire disparu.

— Vous mentez. Pourquoi faire semblant ? Nous savons tous les deux ce que vous pensez de moi.

— J'en doute, murmura-t-il. Mais si je vous ai offensée, je vous présente mes excuses. Vraiment.

— Vraiment ? répéta-t-elle avec un haussement de sourcils moqueur.

Manifestement désireuse de changer de sujet, elle ajouta après un temps :

— Cet endroit est-il habité ?

— Pas que je sache. Le temple a été élevé sur le point culminant de l'île, dans le but de bien marquer la différence entre l'univers des dieux et celui des simples mortels comme vous et moi.

— Incroyable…, marmonna-t-elle à voix basse.

— À quoi faites-vous allusion ?

— Oh ! à rien, répondit-elle en s'éloignant.

— Que vouliez-vous dire ? insista-t-il.

Quand il la rejoignit, Demetri dut résister à la tentation de lui poser la main sur l'épaule pour la forcer à le regarder en face.

— C'est le fait que je me considère comme un simple mortel, qui vous étonne ?

— Vous avez dit cela ? Je n'avais pas fait attention.

Tu parles !

Demetri inspira profondément.

— Je propose que nous renoncions à ces escarmouches, Joanna. Je n'ai pas envie de me battre avec vous.

Elle haussa une épaule, puis gravit les marches conduisant à l'autel.

— Ce n'est pas moi qui ai commencé.

— Mais vous êtes prête à continuer, c'est cela ? lança-t-il, à bout de patience. Cessons ces hostilités, bon sang !

— Parlez-moi d'Athéna, fit-elle d'un ton détaché.

Désarçonné, Demetri se força à contrôler sa respiration.

— C'était la fille de Zeus, commença-t-il lentement. Sa préférée, je crois. On raconte qu'elle s'asseyait à sa droite durant le conseil des dieux.

— Impressionnant…

— Oui. Athéna est la déesse de la sagesse.

— Une créature exceptionnelle, donc.

— En effet, acquiesça-t-il en ne pouvant retenir un sourire.

Il s'avança parmi les pierres et entendit que Joanna le suivait. Qu'est-ce qu'il lui avait pris de l'amener dans cet endroit isolé ? Loin de la villa, il était trop facile d'oublier sa liaison avec son père, de la prendre simplement pour une femme ravissante, de savourer sa compagnie…

Demetri retint un juron. D'où lui étaient venues ces pensées absurdes ? Joanna était la maîtresse de son père ; au mieux une opportuniste, au pire une femme calculatrice et intéressée. Olivia avait raison : il se conduisait comme un imbécile. Il ferait mieux de la ramener à la villa sur-le-champ.

— Votre sœur ne m'aime pas.

— Je… Elle…

Agacé, il se retourna vers Joanna. On aurait dit qu'elle avait deviné ses pensées. Elle s'était accroupie devant un fragment de pierre dont elle déchiffrait les inscriptions à moitié effacées.

— Qu'est-il écrit ? demanda-t-elle en levant les yeux vers lui. C'est du grec ancien ?

Que voulez-vous que ce soit d'autre ? eut-il envie de riposter. Mais ce n'était pas le moment de la provoquer. Cela n'aurait fait que stimuler l'excitation qu'il sentait naître en lui. Aussi se contenta-t-il de la rejoindre et de s'accroupir à côté d'elle pour lire l'inscription gravée dans la pierre.

— C'est une louange à Athéna, qui exalte ses vertus de déesse vierge et mère.

— Vierge et mère ? répéta Joanna en tournant la tête vers lui.

Il ne put s'empêcher de plonger le regard dans le sien, aussi bleu que la mer Égée et bordé de longs cils. Il nota que ses joues prenaient peu à peu une teinte écarlate.

Apparemment, elle était aussi troublée que lui par cette proximité dangereuse.

Lorsqu'elle se redressa soudain et perdit l'équilibre sur le sol accidenté, il se redressa à son tour et lui prit le bras pour l'empêcher de tomber. Dans le mouvement, il perdit lui aussi l'équilibre. Il entraîna Joanna avec lui, en ayant néanmoins le réflexe de basculer en arrière pour ne pas l'écraser.

À en juger par l'expression horrifiée qui emplissait maintenant les beaux yeux bleus de sa compagne, elle n'appréciait pas de se retrouver étendue sur lui. Comme s'il l'avait fait exprès et qu'il était ravi de la situation ! D'autant que son dos avait heurté le sol plutôt violemment.

— Vous voulez bien me lâcher ? lança-t-elle d'un ton vif.

— Je ne l'ai pas fait exprès, vous savez ! protesta Demetri, alors qu'un caillou pointu s'enfonçait dans sa hanche. J'ai seulement voulu vous empêcher de tomber.

— Eh bien, c'était réussi ! riposta-t-elle aussi sec.

Elle ne le croyait pas, évidemment. Pensait-elle qu'il avait provoqué cette chute ? Pour le simple plaisir de lui servir de coussin ?

En guise de réponse, son membre viril tressaillit contre le pubis de Joanna, toujours étendue sur lui. Au même instant, il comprit qu'elle sentait son érection. L'air consterné, elle resta figée comme une statue.

Elle n'était pourtant pas innocente et devait bien savoir que ce genre de chose pouvait arriver ! Ne se rendait-elle pas compte que ses mamelons avaient durci eux aussi ? Demetri les sentait contre son torse.

Il aurait dû la repousser, la laisser se relever. C'était la meilleure chose à faire — la seule. En espérant qu'elle ne raconte pas cet épisode scabreux à Constantine.

La panique qui se lisait dans les yeux de Joanna commença à le gagner. Il n'était pas un monstre, bon sang ! Simplement un homme, que nombre de membres du sexe opposé trouvaient plutôt séduisant. En outre, elle n'avait rien à craindre de lui. Il devait la convaincre qu'il n'avait pas provoqué cette chute. Sans réfléchir, Demetri leva le bras et lui caressa la joue du revers de la main. Sa peau était brûlante. Mais douce, si douce…

Joanna ne bougeait pas. Elle semblait toujours pétrifiée. Les pupilles dilatées, le regard soudé au sien, elle continuait de le dévisager en silence. Quant à lui, il sentait maintenant son érection le lanciner, presque douloureusement.

Jamais il n'avait désiré une femme avec une telle intensité, réalisa-t-il avec stupeur. Il brûlait de lui arracher ses vêtements, de lui faire l'amour, encore et encore… De sentir ces longues jambes s'enrouler autour de ses hanches, de l'entendre crier de plaisir sous ses assauts.

Car il voulait qu'elle partage son désir. Pourquoi ? Pour démontrer à son père qu'elle n'était qu'une garce ? Ou pour se prouver à lui-même qu'elle ne pouvait lui préférer Constantine ?

Cette éventualité lui donna la nausée. Comment pouvait-il envisager de faire l'amour avec Joanna Manning et prétendre en même temps aimer son père ? Son attitude était révoltante. Impardonnable. Il était impardonnable. Il aurait dû écouter Olivia et éviter ce genre de situation. Il n'était qu'un homme, elle avait raison. Et Joanna une créature intéressée. Une vulgaire opportuniste.

Mais soudain toute certitude déserta Demetri. Le regard rivé au sien, à peine conscient de son geste, il prit le visage aux traits fins entre ses mains et roula sur le flanc en entraînant Joanna avec lui.

Un seul baiser, se promit-il. Et si elle y répondait, il aurait la confirmation qu'il ne s'était pas trompé sur son compte…

*
* *

Quand Demetri caressa du bout de la langue les lèvres de Joanna, il perdit complètement le contrôle de la situation. Il approfondit leur baiser. Joanna ne résista pas. Quand il se rendit compte qu'elle commençait à répondre aux caresses de sa langue, il fut en proie à un véritable vertige.

Il s'efforça de se reprendre, de se raccrocher à sa lucidité, mais lorsque les bras minces se refermèrent autour de son cou Demetri renonça à lutter. Alors, Joanna laissa échapper un petit murmure de reddition et s'abandonna totalement contre lui.

C'était le paradis et l'enfer — et cela n'aurait pas dû avoir lieu. Il ne pouvait pas céder au désir qui le consumait. Il était complètement fou d'avoir laissé les choses aller aussi loin.

Il fallait mettre un terme à cette situation absurde.

Une plainte torturée lui échappa tandis qu'il posait les mains sur les épaules de Joanna pour la repousser. Mais dès que ses doigts se refermèrent sur le T-shirt violet, il se souvint des seins nus sous l'étoffe et tout bon sens le quitta de nouveau. Laissant glisser les mains sur son buste, il effleura les adorables rondeurs sous ses pouces et dut faire un effort surhumain pour ne pas caresser les mamelons gonflés.

Effaré, Demetri écarta la bouche de celle de la jeune Anglaise. Il retint son souffle. Elle était aussi excitée que lui ; ses seins frémissaient et un délicieux parfum de femme montait de son corps, chaud, sensuel, envoûtant… Quant à son regard étincelant de désir, il s'y serait volontiers noyé.

Mais soudain, ce fut de l'horreur pure qui emplit les yeux bleus. Détachant les bras de son cou, Joanna se dégagea brusquement de son étreinte et se releva, avant de rajuster ses vêtements à la hâte.

— Qu'est-ce qui vous a pris ? s'écria-t-elle avec colère. Vous n'êtes qu'un… une brute !

— Et vous ? répliqua Demetri en se relevant à son tour. Qu'êtes-vous, Joanna ? En dehors d'être la maîtresse de mon père. Et comment interprétez-vous ce qui vient de se passer ?

Lorsqu'elle tressaillit, visiblement ébranlée, il s'en voulut d'éprouver de la compassion pour elle.

— Allez vous faire voir ! répliqua-t-elle enfin d'une voix tremblante.

Puis elle se pencha pour ramasser son sac et son chapeau, et se dirigea vers la voiture d'une démarche mal assurée.

8.

Quand elle vint retrouver Constantine avant le petit déjeuner, Joanna apprit que Demetri était parti pour Athènes au petit matin. Il était allé chercher sa sœur Alexandra et le fiancé de celle-ci.

Un soulagement indicible l'envahit à la perspective d'avoir une journée de répit ; au fond d'elle-même, elle se méprisait profondément de s'être abandonnée dans ses bras.

Le retour à la villa avait été très tendu et s'était déroulé dans un silence absolu ; tous deux avaient gardé les yeux résolument fixés sur la route. Ce n'était qu'au moment où les piliers de pierre encadrant l'entrée de la propriété étaient apparus au bout de l'allée que Joanna avait recommencé à respirer normalement. Puis, dès que Demetri avait serré le frein à main, elle avait bondi hors du véhicule, murmuré un vague « merci » et s'était précipitée vers la villa.

Merci... Elle n'avait vraiment pas à le remercier ! s'était-elle reprochée plus tard. Et lorsque Maria était venue lui demander si elle voulait se joindre à la famille pour le déjeuner, elle avait prétexté un mal de tête coriace et répondu qu'elle préférait se reposer. Demetri ne serait pas dupe, mais elle s'en fichait complètement.

En revanche, elle redoutait le moment de se retrouver face à lui, à tel point qu'elle avait même envisagé de dire à Constantine qu'elle ne pouvait plus continuer à jouer la comédie. Mais quelle explication lui donner ? Impossible de lui raconter ce qui s'était passé sans détruire la confiance qu'il avait en son fils. Par ailleurs, Joanna se rendait bien compte que sa propre attitude n'avait fait que renforcer l'opinion négative que Demetri avait d'elle. Il devait maintenant être convaincu de l'avoir démasquée, mais sans pouvoir en parler à quiconque puisque, tout comme elle, il aurait dû avouer de quelle façon il avait acquis cette certitude.

Trouver Constantine plus en forme lui avait mis un peu de baume au cœur. Il était encore en robe de chambre quand elle l'avait rejoint, mais parcourait son courrier installé dans un fauteuil. À présent, ils prenaient le petit déjeuner ensemble sur le balcon en bavardant de choses et d'autres.

Quand elle prit un petit pain encore chaud et étala du beurre dessus, puis du miel, Joanna réalisa qu'elle n'avait rien mangé depuis la veille au matin. Le soir, elle avait à peine picoré dans la moussaka que Constantine avait tenu à faire apporter pour elle, d'autant qu'elle avait constaté qu'il n'avait pas d'appétit non plus. Mais ce matin, il semblait savourer la pêche qu'elle venait de peler pour lui.

— Quand Demetri sera-t-il de retour ? demanda-t-elle en soulevant sa tasse de café.

Il fallait qu'elle le sache, pour se préparer à une éventuelle confrontation.

— Ah…, fit Constantine en s'essuyant les lèvres avec sa serviette blanche. Demain, je pense. Comme tu le sais, le mariage aura lieu dans moins d'une semaine, et Alex désire sans doute passer un peu de temps à la maison avant de s'envoler pour Penang avec Costas.

Ce qui laissait seulement vingt-quatre heures à Joanna pour respirer…

— Penang ? répéta-t-elle, comme si elle n'avait jamais entendu parler de cet endroit. C'est là-bas qu'ils passeront leur lune de miel ?

— Oui. Tu n'es jamais allée en Malaisie ?

— Non.

Elle n'était allée quasiment nulle part, hormis la Sardaigne. Mais elle n'était pas près d'oublier ce voyage...

— C'est un beau pays, poursuivit Constantine. Très beau, même.

Il s'interrompit en fronçant les sourcils.

— Qu'est-ce qui ne va pas, Joanna ?

— Pourquoi cette question ? répondit-elle d'une voix légèrement tremblante. Tout va très bien.

Ponctuant ses paroles d'un sourire enjoué, elle ajouta :

— Comment voudrais-tu que ça n'aille pas ? J'ai la chance de séjourner dans un endroit fabuleux, avec l'homme le plus charmant que j'aie jamais rencontré.

Cependant, la lueur inquiète ne quittait pas les yeux sombres de Constantine.

— Alors, raconte-moi comment s'est passée cette petite excursion avec Demetri. Tu semblais un peu fatiguée, hier soir, alors je ne t'ai pas posé de questions. Tu as dit que la visite du temple d'Athéna t'avait plu, mais tu n'as pas parlé de Demetri. S'est-il montré poli envers toi ? A-t-il fait preuve de respect à ton égard ?

Mon Dieu, que répondre ?

— Ma présence à Theapolis ne l'enchante pas, commença prudemment Joanna. Ni le fait que tu te sois attaché à moi. Mais je ne t'apprends rien en te disant cela, n'est-ce pas ?

Constantine pinça les lèvres.

— Veux-tu dire qu'il s'est montré grossier envers toi ?

— Non, non... Pas du tout...

Décidément, mieux valait changer de sujet !

— Tu avais raison, il connaît très bien cette île, enchaîna-t-elle. Il m'a raconté...

— Assez ! l'interrompit son ami avec impatience. Ce que t'a raconté mon fils à propos d'Athéna ne m'intéresse pas, Joanna. Je veux savoir ce qu'il t'a dit sur moi, sur *nous*.

Joanna le dévisagea un instant en silence. Jamais elle ne l'avait vu aussi en colère.

— Il n'a rien dit sur toi, affirma-t-elle à la hâte. Je...

Je voulais simplement dire qu'il ne m'aime pas, c'est tout. Je vois bien qu'il me prend pour une aventurière, une femme intéressée.

— En d'autres termes, il ne me croit plus capable d'attirer une belle femme, rétorqua Constantine d'un ton sec. À ses yeux, je ne suis qu'un vieillard pathétique qui essaie de se refaire une jeunesse en s'offrant la compagnie d'une maîtresse qu'il arbore comme un trophée !

Joanna se rendit compte qu'en voulant être diplomate, elle n'avait fait qu'aggraver la situation.

— Non, pas du tout ! C'est moi, qu'il méprise, expliqua-t-elle avec force. Pas toi, Constantine.

— Ce sont les termes qu'il a employés ?

— Non. Ce n'est pas ce que je voulais dire.

— Que voulais-tu dire exactement, Joanna ?

Il eut un geste de la main et se tassa. Il paraissait de nouveau si faible, à présent.

— Laissons cela, soupira-t-il. Du moment que Demetri ne soupçonne pas la vérité…

— Oui, tu as raison, acquiesça-t-elle, un peu soulagée. Et je peux t'assurer qu'il croit tout ce que tu lui dis.

— Tant mieux.

Après une légère hésitation, Joanna demanda :

— Dis-moi, tu n'es pas fâché ?

— Fâché ? répéta-t-il avec un sourire malicieux. Mon ego a frémi, mais je crois qu'il s'est remis du choc. Non, je ne suis pas fâché contre toi, ma chère Joanna. Ce qui me chagrine, c'est que tu doives supporter la désapprobation de mon fils. Je le connais : il a parfois la dent dure.

Elle baissa les yeux sur sa tasse en repensant au désir qui avait étincelé dans les yeux de Demetri, juste avant que sa langue ne lui frôle les lèvres. Ensuite, ça avait été comme être emportée dans un tourbillon vertigineux : elle avait perdu toute volonté, tout bon sens. Et s'ils n'avaient pas repris leurs esprits à temps, qui sait jusqu'où cette étreinte absurde aurait pu aller…

— Tu me le dirais, n'est-ce pas, s'il y avait autre chose ?

Constantine la dévisageait de nouveau d'un air inquiet, interprétant sans doute son silence de façon erronée.

— Mais oui, bien sûr, affirma-t-elle en souriant. Maintenant, parle-moi un peu du fiancé d'Alexandra. Il est beau ? Elle le connaît depuis longtemps ?

— Oui, depuis un bout de temps. Costas est le fils d'Andrea Karadinos, qui est autant un ami qu'un partenaire en affaires. Nos enfants se connaissent depuis leur plus jeune âge, et je suis heureux qu'ils aient fini par tomber amoureux l'un de l'autre. Mais Alex est aussi consciente qu'en épousant Costas, elle renforce les liens unissant l'entreprise familiale et celle de son futur beau-père.

— Tu veux dire qu'il s'agit d'un mariage arrangé ? demanda Joanna, surprise.

— D'une certaine façon. Cela te choque ?

— Non, mentit-elle.

— Si, je le lis dans tes yeux. Il faut que tu comprennes qu'Alex représente une cible de choix pour ceux qui ne voient en elle que la fille d'un riche homme d'affaires. Ce qui ne veut pas dire que si elle était tombée amoureuse d'un inconnu, je l'aurais empêchée de l'épouser. Je ne suis pas si cruel. Mais c'est tellement plus simple qu'elle ait choisi un homme que je connais et apprécie.

— Je… Je ne m'étais pas rendu compte que tu étais aussi… traditionnel.

— Tu veux dire *conventionnel* ? rétorqua Constantine d'un ton pince-sans-rire. Je reconnais que j'ai certaines attentes, de ce côté-là. Olivia a refusé de m'écouter et s'est séparée de l'homme que j'avais choisi pour elle. Depuis son divorce, elle erre comme une âme en peine. Je ne voudrais pas que la même chose arrive à Alex.

— Et Demetri ?

Joanna se mordit l'intérieur de la joue. Quelle idiote ! Elle se serait giflée.

— Demetri ? A-t-il fait allusion à une fiancée ?

— Non, répondit-elle précipitamment. Je me demandais simplement…

… ce que tu envisageais pour lui, acheva-t-elle en son for intérieur.

— Mon fils connaît son devoir. Il sait ce que j'attends de lui, et de mon côté je sais que je peux compter sur lui.

Joanna se rendit compte qu'elle l'écoutait en retenant son souffle. Et qu'à la pensée que Demetri épouse une femme choisie par son père, elle ressentait un mélange de sentiments troublants.

— Je suis sûre que tu as raison, dit-elle d'un ton faussement léger. Et maintenant, qu'allons-nous faire, ce matin ?

En fait, ils ne firent pas grand-chose. Après avoir dit à Joanna qu'il la rejoindrait sur la terrasse dès qu'il aurait consulté ses mails, Constantine avait chargé Pétros de l'informer qu'il avait des problèmes urgents à régler et divers coups de fil à passer, si bien que Joanna avait compris qu'elle pouvait renoncer à passer la matinée avec Constantine.

Elle avait enfilé un maillot de bain et un paréo avant d'aller s'installer sur un transat avec un magazine. Elle parcourait celui-ci depuis une dizaine de minutes lorsqu'elle entendit un bruit de pas sur la terrasse. *Olivia…*, songea-t-elle en tressaillant d'appréhension. Mais ce fut une voix mâle qui résonna soudain derrière elle :

— À votre place, je me mettrais de l'écran solaire, madame Manning. Ce serait vraiment dommage de laisser le soleil brûler une peau aussi fine et délicate.

Soulagée et heureuse d'avoir affaire à Spiro Stavros, Joanna tourna la tête vers lui en souriant. Les cheveux mouillés, vêtu d'un bermuda en toile kaki et d'une chemise à manches courtes en coton blanc, il la salua d'un petit hochement de tête, tout sourires. Non seulement l'assistant de Demetri était bel homme, mais il possédait un mélange subtil d'humour et de charme que les femmes devaient beaucoup apprécier.

— Je m'en suis appliqué consciencieusement avant de quitter ma suite, monsieur Stavros, dit-elle en s'abritant les yeux avec la main. Mais merci du conseil.

— Je vous en prie, répliqua-t-il aimablement. Et vous pouvez m'appeler Spiro, vous savez.

— D'accord, Spiro. À condition que vous m'appeliez Joanna. Et que vous vous asseyiez.

— Avec plaisir, répliqua-t-il en s'installant dans le transat le plus proche.

Un soupçon traversa soudain Joanna.

— C'est Demetri qui vous a demandé de me tenir compagnie ?

Et de m'interroger...

— Pas du tout. Il est parti très tôt ce matin pour Athènes.

— Oui, je sais, il est allé chercher sa sœur et son fiancé. Pourquoi ne l'avez-vous pas accompagné ?

— Je suis son assistant, répondit-il avec un sourire en coin. Pas son garde du corps.

— Il a un garde du corps ?

Après l'avoir dévisagée en silence, Spiro tourna les yeux vers la piscine.

— Il en a parfois besoin, répondit-il. Il fait très beau, ce matin, vous ne trouvez pas ?

Joanna hocha machinalement la tête. Bien sûr que Demetri avait besoin d'un garde du corps. Comme Constantine. Riches et puissants tous les deux, ils avaient forcément des ennemis.

— Je crois que je vais aller nager un peu, dit-elle en se redressant sur son transat, ses soupçons pas tout à fait dissipés. Vous avez raison. Il fait très beau, et très chaud.

Quand elle se leva, Spiro l'imita aussitôt.

— Profitez bien de cette journée superbe, Joanna.

— Merci, Spiro. Bonne journée aussi et à plus tard.

9.

Demetri ne put revenir à Theapolis que le surlendemain de son départ. À cause d'Alex. En effet, comme sa sœur n'avait pas trouvé de diadème à son goût, elle avait fait appel à un créateur ; à la dernière minute, évidemment, si bien que le bijou n'était pas tout à fait terminé lorsqu'elle était allée le chercher.

Demetri avait d'abord protesté, avant de s'incliner en se disant qu'il pouvait bien rester à Athènes vingt-quatre heures de plus pour faire plaisir à sa petite sœur : on ne se mariait pas tous les jours, après tout… Pourtant, en son for intérieur, il rageait à la pensée que Joanna profitait peut-être de son absence pour…

Pour quoi faire, au juste ? À vrai dire, il ne pouvait s'empêcher de penser par moments qu'il s'était trompé à son sujet, alors que, pourtant, tout démontrait le contraire. Spiro le tenait au courant de ce qui se passait à la villa, mais il ne serait rassuré qu'en constatant par lui-même que tout allait bien et que son père n'était pas victime d'une machination quelconque.

D'autre part, Demetri était curieux de voir comment Joanna réagirait lorsque la villa serait remplie de personnes qu'elle ne connaissait pas. Les parents et les trois sœurs de Costas arriveraient en premier, suivis de divers membres des deux familles et d'amis plus ou moins proches. Comment se sentirait-elle, entourée d'étrangers ?

Quant à lui, il n'était pas normal qu'il éprouve ce qui

ressemblait fort à une sensation de manque parce qu'il se retrouvait contraint de ne pas voir la maîtresse de son propre père pendant quarante-huit heures.

Lorsqu'ils arrivèrent à la villa en fin d'après-midi, celle-ci semblait déserte et un silence total y régnait.

Ce n'était pas étonnant qu'aucun membre du personnel ne vienne les aider avec les bagages, puisque la plupart étaient libres entre 15 et 18 heures. Mais que Spiro ne soit pas là pour les accueillir était plus surprenant. Sans doute était-il occupé au téléphone.

Gagné par une inquiétude incontrôlable, Demetri laissa Alex et Costas se débrouiller avec sacs et valises, et monta rapidement au premier étage. Mais une fois devant la porte, il hésita. Autrefois, il serait entré chez son père sans même frapper… Serrant les mâchoires, il leva la main et toqua légèrement.

— Monsieur Demetri ! s'exclama Pétros en lui ouvrant. Vous êtes enfin de retour, Dieu merci !

— Que s'est-il passé ? Comment va mon père ?

Le valet de chambre leva les yeux au ciel.

— Si seulement je le savais ! Je me suis fait tellement de mauvais sang…

— Pourquoi ?

Demetri tâcha de se raisonner : si l'état de santé de son père s'était dégradé, Spiro l'en aurait informé. À moins que…

— Expliquez-vous, Pétros.

— Oh ! monsieur Demetri ! fit celui-ci en secouant la tête. Cette femme… Elle ne lui fait pas de bien.

Il se retint d'affirmer qu'il partageait son avis.

— Mon père sait ce qu'il fait, dit-il d'une voix tendue. Mais je vois que la porte de sa chambre est fermée : il se repose ? J'aimerais lui dire quelques mots.

— Non, il n'est pas là, monsieur. Ils sont sortis. Par cette chaleur ! Je n'ai pas pu les en empêcher.

Demetri se demanda pourquoi se sentait-il soudain aussi

désemparé. Il aurait dû au contraire être content que son père soit suffisamment en forme pour aller se promener. Et puis, il avait eu tort de s'inquiéter : la compagnie de Joanna lui faisait du bien. Pétros était jaloux, voilà tout. Il secoua la tête. Il préférait ne pas s'appesantir sur les pensées qui se bousculaient dans son esprit. Il ferait mieux de redescendre, de dénicher Spiro et de se concentrer sur la seule chose qui importait vraiment : Kastro International.

Demetri ne revit Joanna qu'au moment du dîner. Quand il avait interrogé Spiro, celui-ci était resté très vague : il pensait que Constantine et Joanna étaient allés faire du shopping à Agios Antonis, mais il n'en était pas certain. Constantine ne l'avait pas informé de ses intentions avant de quitter la villa, avait-il ajouté avec un petit sourire en coin qui avait agacé Demetri.

Par conséquent, il avait dû ronger son frein jusqu'au soir et n'avait pas tenté de repasser chez son père avant le dîner — il avait craint de ne pas le trouver seul. En outre, Spiro avait des questions importantes et urgentes à lui soumettre ; en attendant le rétablissement complet de Constantine, ou le jour où celui-ci autoriserait Olivia à seconder son frère, c'était à Demetri qu'incombait la responsabilité de prendre toutes les décisions majeures.

La première pensée qui le traversa quand il entra dans le salon ce soir-là, et vit Joanna et son père installés côte à côte sur un sofa, fut qu'elle était encore plus belle que dans son souvenir. Sa peau avait pris un léger hâle doré, et sa robe portefeuille en soie bleu et blanc, qui dévoilait une épaule ronde, mettait en valeur la teinte de ses yeux. Par ailleurs un chignon décontracté, comme rassemblé à la hâte sur la nuque, faisait ressortir la ligne pure de son cou et de sa gorge.

— Ah, te voici, mon fils ! s'exclama Constantine en souriant.

Demetri traversa la pièce et s'inclina devant son père, qui l'embrassa sur la joue. Puis il se tourna vers Joanna et se contenta de lui adresser un sourire crispé en guise de salut. L'air pas très à l'aise, elle baissa les paupières et feignit de s'absorber dans la contemplation du livre ouvert sur les genoux de Constantine. Demetri réalisa avec stupeur qu'il s'agissait d'un album photos. Comment son père osait-il montrer des photos de famille à cette femme ? !

— Tu me pardonneras de ne pas me lever, dit celui-ci en s'appuyant la tête au coussin placé derrière sa nuque. Mais j'avoue que je me sens un peu fatigué, ce soir. Nous avons eu une journée bien remplie, n'est-ce pas, Joanna ?

— Oui, murmura-t-elle.

Puis, comprenant sans doute qu'il attendait d'elle qu'elle en dise un peu plus, Joanna jeta un regard bref à Demetri avant d'ajouter :

— Nous sommes allés rendre visite à un ami de votre père.

— Marcos Thexia, précisa Constantine en souriant.

Autrement dit, son notaire…

— Et ensuite, nous avons fait quelques achats, poursuivit-il.

Prenant délicatement le poignet de Joanna, il le souleva pour montrer le bracelet qui l'ornait, en or gris serti de diamants.

— Qu'en penses-tu, Demetri ? Il est aussi beau que celle qui le porte, tu ne trouves pas ?

— Constantine ! protesta Joanna en rosissant.

Elle avait beau avoir l'air sincère, Demetri n'était pas dupe.

— Aucun bijou ne saurait égaler la beauté de Joanna, dit-il galamment.

À en juger par la lueur qui traversa les prunelles bleues, elle n'était pas plus convaincue de sa sincérité que lui de la sienne. Mais ce qui inquiétait davantage Demetri, c'était la visite chez le notaire.

— Tu as mille fois raison, mon fils ! acquiesça son père en riant. Ah, voici oncle Panos. Comment vas-tu ce soir, cher Panos ?

Profitant de l'arrivée du vieil oncle, Demetri alla se servir un whisky. Puis il se retourna vers la petite assemblée, avec le vague espoir de se rendre compte qu'il avait été victime d'une illusion, de comprendre que Joanna n'était pas aussi désirable qu'il l'avait cru.

Hélas, elle l'était toujours autant. Et le désir rugissait en lui. Demetri eut soudain l'impression que le sol basculait sous ses pieds. Il ne désirait pas *seulement* coucher avec elle. Non, il ne s'agissait pas de satisfaire les exigences de sa libido. Il y avait autre chose. Mais quoi ? Bon sang, si cette pensée n'avait pas été aussi absurde, aussi scandaleuse et choquante, Demetri se serait même demandé s'il n'avait pas envie d'entretenir une liaison avec cette femme.

— Tu veux bien aller ranger cet album, Joanna ? demanda tout à coup Constantine.

Panos s'était installé dans un fauteuil à côté de lui ; ils se mirent à discuter politique avec animation. Joanna se leva et se dirigea vers Demetri, car il se trouvait juste à côté du meuble contenant les albums photos. Il décela sa nervosité, et un demi-sourire étira ses lèvres.

— Ces photos de famille vous ont plu ? ne put s'empêcher de demander Demetri à voix basse. Certaines d'entre elles ont dû être prises à une époque où vous n'étiez pas encore née.

Quand elle se pencha pour remettre l'album à sa place, il ne put s'empêcher de baisser les yeux sur son décolleté.

— Vous me flattez, dit-elle en se redressant. Je ne suis pas aussi jeune que vous semblez le penser.

— Ah…, marmonna-t-il en s'efforçant de dissimuler son trouble. Eh bien, vous avez peut-être vous aussi des photos de famille à nous montrer ? De votre mari, par exemple ? À supposer qu'il existe, bien sûr…

— J'ai bien été mariée, chuchota lentement Joanna.

Vous ne croyez tout de même pas que j'aurais pu inventer ce genre de détail ?

— Peut-être pas, en effet. Mais vos paroles m'amènent à me demander ce que vous pourriez effectivement *inventer*. Ou nous cacher.

— Pourquoi aurais-je quelque chose à cacher ? répliqua-t-elle, les yeux étincelant de colère.

— Sans doute parce que je ne sais de vous que ce que vous avez choisi de me dire. Ce triste épisode concernant la mort de vos parents alors que vous étiez enfant, par exemple, et à la suite duquel vous avez été élevée par votre tante. Vous ne trouvez pas que cela pourrait paraître un peu trop *dramatique* pour être vrai ?

La jeune femme blêmit sous le léger hâle. Elle le toisa d'un regard si méprisant que Demetri eut l'impression d'être un cafard.

— Mes parents ont été emportés par une avalanche en Autriche, monsieur Kastro, dit-elle enfin d'une voix glaciale. Et après cet accident en effet « dramatique », j'ai été confiée à la garde d'une tante âgée de mon père. Et croyez-moi, c'est hélas complètement véridique.

— Dois-je comprendre que cela n'a pas été une période très heureuse pour vous ?

— Ma vie n'a pas vraiment comporté de périodes heureuses. Cela répond-il à votre question ?

— Même pas avec votre mari ? demanda Demetri, intrigué.

— Vous voulez dire mon *ex*-mari ? Ça a été la moins heureuse, murmura-t-elle avec amertume.

— Que racontes-tu à Joanna, Demetri ?

La voix courroucée de Constantine interrompit leur échange. Joanna tourna aussitôt la tête vers celui-ci avant de se diriger vers lui.

— Nous parlions de mon enfance, dit-elle en souriant. Mais il n'est pas l'heure d'aller dîner ?

— Nous attendons Alex et Costas. Ah, les voici, justement !

Acceptant l'aide de sa maîtresse, son père se leva avec effort.

— Chère Joanna, permets-moi de te présenter ma fille benjamine et son fiancé. Alex, Costas, je suis heureux de vous présenter ma très précieuse amie, Joanna Manning.

— Quelque chose ne va pas, Demetri ? chuchota Alex.

Il fallut cette question de sa petite sœur pour réaliser qu'il ne lui avait pas adressé la parole de tout le dîner, alors qu'elle était pourtant assise à côté de lui.

— Non, tout va bien, répondit Demetri en se forçant à lui sourire. Alors, prête à devenir Mme Karadinos ?

— Oui. Impatiente, même, dit-elle, les yeux pétillant de malice. Et toi ? Tu ne regrettes pas d'avoir rompu avec Valéria, j'espère ?

— Non, affirma-t-il avec un franc sourire.

Il n'y avait qu'Alex pour oser lui parler de son ancienne liaison en plein dîner. Les autres évitaient au contraire d'y faire allusion, craignant — à juste titre — de le blesser.

Brusquement, Demetri comprit que depuis que son père lui avait présenté Joanna, il n'avait pas pensé une seule fois à Valéria. Et que maintenant qu'il songeait à elle, il ne ressentait rien. Absolument rien.

— Tant mieux ! s'exclama sa cadette. Je ne l'ai jamais aimée, tu le sais. Elle est trop vaniteuse, trop imbue d'elle-même. Tu n'aurais pas été heureux avec elle, frérot. Tu as besoin d'une compagne chaleureuse et empathique.

Elle s'interrompit et sourit, ce qui creusa une petite fossette dans sa joue.

— D'une femme comme Joanna, ajouta Alex avec malice. Quel dommage que papa l'ait rencontrée en premier…

Demetri eut du mal à ne pas éclater de rire. L'espièglerie de sa sœur était vraiment rafraîchissante.

— Je ne crois pas que Mme Manning m'apprécie, dit-il d'un ton neutre.

De toute façon, mieux valait parler d'autre chose…

— Costas, reprit-il en se penchant en arrière pour s'adresser au fiancé d'Alex, assis à côté d'elle. J'espère que tu sauras surveiller ma sœur, parce que je crains qu'elle n'ait une fâcheuse tendance à fourrer son nez dans ce qui ne la regarde pas.

— Je voulais juste m'assurer que tu ne te languissais pas de Valéria ! protesta Alex. Au fait, je suppose que tu sais que papa a invité Aristotle Sama au mariage ? Alors, il n'est pas du tout impossible que sa fille vienne avec lui.

— Et Benaki ? répliqua Demetri en fronçant les sourcils.

— Oh ! tu n'es pas au courant ? Valéria Sama et Peri Benaki ne sont plus ensemble.

10.

Après avoir raccompagné Constantine chez lui et l'avoir laissé aux bons soins de Pétros, Joanna décida d'aller faire un tour sur la plage pour se retrouver un peu et réfléchir au calme.

La journée avait été particulièrement épuisante, surtout pour Constantine, qui avait tenu à offrir à sa fille un grand mariage, avec pas moins de cent cinquante invités. Il avait réussi à donner le change durant la cérémonie et la réception, mais avait fini par avouer à Joanna qu'il se sentait très faible. Sans son aide, il n'aurait pu monter l'escalier. Et il avait bien sûr refusé catégoriquement de faire appel à Demetri et Olivia, redoutant plus que tout de les alarmer.

Néanmoins, Joanna avait très bien vu que Demetri était inquiet et surveillait son père du coin de l'œil, prêt à bondir en cas de besoin. Mais Constantine avait tenu bon. Il avait même prononcé un discours en ouverture du fastueux déjeuner servi sous une immense tente blanche. Pas un instant il n'avait flanché, affichant sa fierté paternelle et sa bonne humeur, agrémentées de son humour habituel — qui avait semblé duper tout le monde ; ou presque.

Le cœur de Joanna se serra au souvenir du moment où, après avoir ôté sa veste et sa chemise, puis enfilé sa robe de chambre, il s'était allongé sur son lit en murmurant :

— Ils ne se sont doutés de rien, n'est-ce pas ?

— Pas Alex, en tout cas, avait-elle affirmé. Demetri a

craint que tu ne surestimes tes forces, je crois. Et Olivia m'a décoché des regards noirs, comme d'habitude ! Mais personne n'a soupçonné la vérité, j'en suis certaine.

Après s'être interrompue un bref instant, elle avait ajouté :

— Tu vas devoir tout leur dire, maintenant, Constantine.

L'avait-il entendue ? Sans doute, juste avant de dériver dans le sommeil. Aussi avait-elle quitté la pièce sans faire de bruit en se promettant de lui en reparler le lendemain.

Il était temps de cesser de mentir à Demetri et Olivia.

De leur côté, Alex et Costas s'étaient envolés pour la Malaisie, et la plupart des invités étaient maintenant partis.

Le cœur lourd, Joanna descendit les marches vers la plage. Elle ôta ses sandales dès qu'elle sentit le sable s'infiltrer entre les lanières.

Ce mariage avait été tellement différent du sien, songea-t-elle en revoyant Alex apparaître au bras de son père. La jeune femme était radieuse, sa robe de mariée réalisée par un créateur réputé ne faisant que rehausser sa beauté. Et Costas l'aimait, cela crevait les yeux. Il suffisait de les regarder pour comprendre que ce mariage était un mariage d'amour et non un simple arrangement.

Lorsqu'elle avait épousé Richard, elle avait été aussi heureuse, aussi excitée et optimiste qu'Alex avait paru l'être. Pas un seul instant elle n'avait soupçonné ce qui l'attendait à la fin de ce qui aurait dû être le plus beau jour de sa vie. Ensuite, elle n'avait jamais pensé que si Richard ne pouvait lui faire l'amour, c'était parce qu'il en était incapable. Elle n'avait pas non plus réalisé que son soi-disant « ami » était en réalité son amant…

Si seulement Richard avait pu se montrer franc envers elle, envers ses parents et sa famille. Mais, au lieu d'assumer ses préférences sexuelles, il avait trouvé plus commode de se servir de Joanna.

Sa gorge se serra. Elle avait été si confiante. Si naïve. Après avoir été traitée en servante par tante Ruth, elle avait sauté sur la première occasion de vivre pleinement. Ces vacances en Sardaigne lui avaient permis de se sentir une vraie femme, pour la première fois. Une femme séduisante, capable d'attirer un homme sophistiqué comme Richard. Cette rencontre avait été magique : il était si beau, si charmant ; si doux, aussi. Elle était tombée amoureuse de lui dès leur premier rendez-vous.

Au début, elle lui avait même su gré de ne pas la toucher. N'ayant aucune expérience en matière de sexe, Joanna avait été contente qu'il ne la brusque pas. Par la suite, les parents de Richard s'étaient montrés très gentils avec elle. Ayant eu leur fils unique sur le tard, alors qu'ils avaient renoncé à tout espoir d'avoir un enfant, ils l'adoraient. Rien n'était trop bon ni trop beau pour lui. À leurs yeux, Richard était parfait.

Avec le recul, Joanna avait compris qu'ils étaient en partie responsables de ce qui s'était passé. Ils avaient trop misé sur leur fils. Et s'ils avaient été plus jeunes, plus ouverts, Richard aurait peut-être trouvé le courage de leur dire la vérité.

En fait, ils s'en étaient peut-être doutés, se dit-elle soudain. Mais si cela avait été le cas, ils ne lui en avaient jamais parlé. Ils avaient laissé leur fils l'épouser, répétant qu'ils étaient ravis que leur cher Richard ait choisi une femme aussi merveilleuse.

Les jeunes mariés avaient passé leur nuit de noces dans un hôtel de l'aéroport de Gatwick, car ils devaient prendre l'avion tôt le lendemain matin pour partir à Antigua, une lune de miel offerte par les parents de Richard. Lorsque Joanna était sortie de la salle de bains vêtue de la chemise de nuit en dentelle blanche achetée pour l'occasion, elle avait trouvé Richard déjà endormi — ou feignant de l'être.

Refoulant sa déception, elle s'était docilement allongée à côté de lui, sans toutefois parvenir à trouver le sommeil. Quand Richard s'était relevé, vers minuit, elle lui avait parlé ; elle avait alors constaté qu'il n'était pas du tout ravi de voir qu'elle ne dormait pas. Joanna avait mis son mécontentement sur le compte de la fatigue. Quand il était revenu se coucher, elle s'était rapprochée de lui avec espoir. Mais il l'avait repoussée en disant qu'il ne désirait qu'une chose : dormir. Il n'était pas doué pour les contacts physiques, avait-il ajouté en lui tournant le dos, et ils auraient tout le temps d'apprendre à mieux se connaître une fois aux Caraïbes.

Or le cadre paradisiaque n'avait rien changé. Richard avait bien essayé de lui faire l'amour quelques fois, mais, en dépit de son inexpérience, Joanna avait bien senti qu'elle ne l'intéressait pas, tout simplement. Quand il s'était excusé, incriminant entre autres la chaleur, cela ne lui avait néanmoins toujours pas ouvert les yeux ; elle n'avait pas réalisé que c'était son corps de *femme* qui le dégoûtait.

Au retour de leur lune de miel, la vie avait repris son cours. Richard était retourné travailler à la City et Joanna s'était fait embaucher chez Bartholomew's. Aux yeux de tous, et en particulier des parents de Richard, ils formaient un couple heureux.

Jusqu'à ce qu'un jour Joanna rentre à la maison plus tôt que d'habitude et trouve Richard au lit avec John, l'« ami » qui l'avait accompagné en Sardaigne…

Comment avait-elle pu être aussi aveugle ? Et aussi longtemps ? Cela lui semblait tellement incroyable, à présent. Avec le temps, sans doute aurait-elle fini par comprendre, se dit-elle pour se rassurer.

Une fois découvert, Richard avait recouru à une autre tactique. Elle ne devait pas le quitter. Si elle l'abandonnait, il ne s'en remettrait jamais, prétendait-il. Et si ses parents apprenaient la vérité… La menace était implicite. Il n'avait pas dit ouvertement qu'il commettrait l'irréparable, mais l'avait sous-entendu.

Alors Joanna était restée. Durant un certain temps, du moins. Jusqu'à ce que Richard lui suggère de prendre un amant et de se faire faire un enfant. C'était la seule solution, avait-il expliqué. Ses parents lui avaient déjà demandé plusieurs fois pourquoi ils ne commençaient pas à fonder une famille. Et puis, elle désirait avoir des enfants, non ? Comme elle le dévisageait en silence, choquée par son insensibilité, il avait ajouté qu'il voulait bien se charger de lui trouver quelqu'un, si cela lui semblait trop difficile. Alors, elle…

— Où est mon père ?

Joanna sursauta au son de la voix de Demetri. Elle se retourna vers lui. Plongée dans ses souvenirs douloureux, elle n'avait pas réalisé qu'il l'avait rejointe.

— Vous allez abîmer vos chaussures, dit-elle en désignant d'un geste du menton ses élégants mocassins en daim clair. Vous auriez dû les ôter.

— S'est-il retiré pour la nuit ? poursuivit-il sans tenir compte de sa remarque.

Depuis deux jours que Demetri était revenu d'Athènes, Joanna avait évité avec soin de se retrouver seule avec lui. Hormis quelques échanges de politesse obligés en présence de Constantine, ils ne s'étaient pas adressé la parole.

— Oui, il est allé se coucher, répondit-elle sans le regarder. Voulez-vous que je lui transmette un message ?

— Non, merci, dit-il sèchement. Comment va-t-il, ce soir ?

Décidément, il semblait déterminé à poursuivre cette conversation, au lieu de retourner s'occuper des femmes ravissantes qui avaient paru apprécier vivement sa compagnie — et l'avaient manifesté sans ambiguïté, à grand renfort de sourires et de battements de cils aguicheurs.

Ce spectacle l'avait écœurée : elle avait passé la majeure partie de la journée assise à côté de Constantine et n'avait pu s'empêcher de remarquer que Demetri attirait les femmes comme un aimant.

Continuant à marcher au bord de l'eau, elle répondit enfin :

— Il est fatigué, comme il fallait s'y attendre.

— Je ne m'attends à rien. Cela m'évite d'être déçu. Et vous ? ajouta-t-il, la voix toujours aussi glaciale. Cette journée a-t-elle répondu à vos attentes ?

— Je suis comme vous, je n'en ai pas, déclara-t-elle avec la même froideur.

Mais, consciente que la question de Demetri était à double sens et trop vulnérable pour supporter un nouvel affrontement, elle se calma.

— Pourquoi ne retournez-vous pas auprès de vos charmantes invitées ? Je suis sûre que vous leur manquez cruellement.

— Seriez-vous jalouse, Joanna ?

— Mais oui, bien sûr ! riposta-t-elle, ironique.

Sans attendre la réaction de Demetri, elle hâta le pas, pressée de s'éloigner de lui. Mais il la rattrapa et la prit par le bras. Il la força à s'arrêter et à se retourner vers lui.

— Oh ! j'avais oublié : vous préférez les hommes plus âgés. *Nettement* plus âgés. Pourquoi ? Ceux de votre âge ne vous excitent pas ?

Joanna pinça les lèvres pour les empêcher de trembler. Il était hors de question que Demetri se doute que ses paroles l'avaient blessée.

— Il n'y a pas de danger que ce genre de problème vous arrive ! Jeunes ou pas, elles sont prêtes à tout pour partager le lit de l'héritier de la dynastie Kastro !

Il en resta bouche bée, l'air choqué. Seigneur, elle l'était elle-même ! Comment avait-elle osé ? Elle lisait sur les traits de Demetri le reflet de sa propre stupeur. Car les paroles qu'elle venait de prononcer étaient impardonnables.

Soudain, il leva la main, la referma sur la nuque de Joanna et l'attira vers lui, avant d'appuyer le front contre le sien en laissant échapper une plainte. Ils restèrent ainsi quelques instants, immobiles et retenant leur souffle.

— Pourquoi nous comportons-nous ainsi ? dit-il enfin d'une voix rauque. Je sais que vous me désirez autant que je vous désire.

Joanna resta silencieuse, ne sachant que dire. S'agissait-il d'une nouvelle tentative de démontrer qu'il avait raison à son sujet ? Voulait-il l'humilier et se conforter dans l'opinion qu'il s'était faite d'elle ?

Mais avant qu'elle ne puisse prononcer un mot, un petit rire moqueur fusa derrière eux.

— Demetri ? lança une voix féminine. Qu'est-ce que tu fais ?

Les doigts de Demetri se crispèrent un instant sur sa nuque, puis il laissa retomber les bras et se retourna vers celle qui avait interrompu ce moment étrange.

Avec un sang-froid stupéfiant, il lui répondit avec calme, en grec, trouvant sans doute une explication quelconque. L'expression de la jeune femme ne vacilla qu'un très bref instant, avant de retrouver sa placidité et son assurance.

Joanna l'avait reconnue : Valéria Sama, la fille d'Aristotle Sama, un ami de Constantine. Ce dernier lui avait confié que tous deux avaient fondé de grands espoirs sur leurs enfants, comptant sur une union qui aurait renforcé les liens entre leurs familles et leurs entreprises respectives.

Valéria et Demetri auraient en effet été très bien assortis, songea Joanna sans pouvoir refouler une pointe de jalousie. Valéria était une femme superbe aux longs cheveux noirs comme du jais et à la peau brunie par le soleil. En comparaison, elle se sentait affreusement terne et insignifiante ; exactement comme au sortir de sa lamentable histoire avec Richard.

Le cœur serré, elle voulut s'éloigner discrètement, mais Demetri lui saisit le poignet, la forçant à s'immobiliser. Puis, d'un ton à la fois courtois et décontracté, il lui demanda si Valéria et elle avaient été présentées.

— Mais oui, bien sûr, répondit aussitôt l'intruse en lui décochant un regard presque hostile. C'est Joanna Manning, l'amie... *intime* de ton père.

Dans sa bouche, le mot « intime » avait pris une connotation franchement péjorative.

— Il nous a présentées l'une à l'autre, poursuivit-elle. Constantine est très attaché à elle, j'ai l'impression.

Johanna perçut le tressaillement fugace qui parcourut Demetri. L'instant d'après, il lui lâcha le poignet.

— Venez, dit-il d'un ton brusque en s'adressant à toutes les deux. Regagnons la villa, les derniers invités qui n'y passent pas la nuit doivent s'en aller, à présent.

— Je préfère rester encore un peu ici, répliqua Joanna d'une voix ferme. Mais vous, allez-y. Tous les deux.

Demetri la regarda, le front plissé.

— Joanna…

— À demain, lança-t-elle en tournant les talons. Et bonne nuit.

11.

Il était minuit passé lorsque Demetri regagna ses appartements. Et s'il avait autant tardé, traînant dans les vastes pièces du rez-de-chaussée, c'était parce qu'il redoutait le moment d'aller se coucher. De se retrouver seul avec le tourment qui le rongeait jour et nuit.

Pourtant, tout aurait pu être différent. Valéria, dont il avait cru autrefois être éperdument amoureux, lui avait fait clairement comprendre qu'elle était prête à reprendre leur liaison. Elle aurait même été ravie de rester à la villa alors que son père était obligé de retourner à Athènes pour ses affaires. Demetri n'aurait eu qu'à prononcer un mot. Mais après avoir laissé Joanna seule sur la plage, Valéria et lui avaient repris le chemin de la villa sans échanger une seule parole. Il ne lui aurait sans doute même pas dit au revoir si elle ne lui avait pris le bras au moment où ils traversaient la terrasse.

— Oui ? avait-il demandé, sans dissimuler son irritation.

— Elle n'est pas pour toi, Demetri, avait brutalement lancé Valéria.

La panique l'avait un instant envahi, mais elle avait enchaîné, avec un sourire dénué de toute chaleur :

— Tu devrais me remercier de t'avoir empêché de l'embrasser, Demetri. Tu veux vraiment que ton père te déshérite ?

— J'ignore de quoi tu parles, avait-il répliqué d'un ton neutre. Et si tu espères me convaincre que tu es venue me protéger de tentations imaginaires, voire me consoler, je suis au regret de te décevoir.

— Tu en es certain ? avait-elle riposté, le regard étincelant de colère.

— Absolument. Désolé, tu perds ton temps, Valéria.

— Toi aussi, mon cher. Si Constantine l'apprend, je ne donne pas cher de ton avenir.

— Vraiment ?

Quelques heures plus tard, Demetri se reposa la question : que se passerait-il si son père… ? Il secoua la tête : il ne souhaitait pas connaître la réponse. Mais Valéria avait eu raison sur un point : il avait bien été sur le point d'embrasser Joanna Manning…

Il laissa tomber veste et cravate dans un fauteuil et se passa la main dans les cheveux, irrité. Qu'est-ce qu'il avait, bon sang ? Était-il resté trop longtemps sans maîtresse pour se jeter ainsi sur la première venue ? Mais si c'était le cas, pourquoi avait-il refusé toutes les avances dont il avait été l'objet pendant la fête ? Il n'était pas présomptueux, mais pas aveugle non plus. Or il était resté insensible au charme de nombreuses femmes ravissantes, prêtes à se jeter à son cou, voire à ses pieds… Quant à Valéria, elle le laissait désormais complètement indifférent.

Incapable de tenir en place, il ouvrit la porte-fenêtre et sortit sur le balcon. La nuit était belle et douce. Des étoiles formaient un arc lumineux dans le ciel violet. À cette époque de l'année, la chaleur était insupportable le jour mais la nuit, il faisait bon. Même les insectes semblaient faire une pause, dans une atmosphère embaumée d'un parfum sensuel.

Sensuel… Comme le parfum de Joanna. Comme Joanna elle-même. Et pourtant, Demetri pressentait confusément que, en dépit de ses tenues sexy et de sa beauté ensorcelante, elle n'était pas portée sur le flirt. Par moments, il y avait même quelque chose d'innocent en elle, au fond de son regard. Et quand il l'avait embrassée dans les ruines du temple, elle s'était abandonnée à son baiser avec un naturel délicieux.

À moins qu'il ne se leurre totalement… Se laissait-il étourdir par le désir lancinant qu'il ressentait pour elle ? Cette prétendue innocence était-elle destinée à étouffer ses soupçons ?

Il en savait si peu sur Joanna Manning, au fond. Son père semblait avoir complètement confiance en elle, mais cela ne prouvait rien. Constantine avait été gravement malade. Par conséquent, il s'était peut-être laissé abuser tandis qu'elle profitait de sa faiblesse pour mettre le grappin sur lui.

À cette pensée, une sensation de vide lui creusa le ventre. Son père se rendait-il compte du risque qu'il prenait en se liant à une femme comme elle ? Sans doute pas. Et maintenant que le mariage d'Alex avait eu lieu, il était peut-être temps d'en avoir le cœur net et de découvrir qui était vraiment cette femme. Où habitait-elle, par exemple ? Avait-elle vraiment eu une enfance difficile ? Et où était passé ce prétendu mari qui, à l'en croire, l'avait rendue si malheureuse ? Combien de temps avait duré leur mariage ? Constantine le savait-il ?

Demetri aurait pu demander à Spiro de se renseigner. Son assistant était un as de l'informatique, il lui aurait suffi de quelques heures pour trouver la réponse à ces questions et rassembler toutes les informations concernant Joanna, jusqu'à ses coordonnées bancaires. Sauf que ce type de procédé était illégal.

Il aurait pu faire appel à un enquêteur privé. Or si jamais son père apprenait qu'il avait fait une chose pareille, il ne le lui pardonnerait jamais ; même si le résultat de l'enquête avait confirmé les soupçons de Demetri.

Par conséquent, s'il voulait en savoir davantage sur Joanna, il devait opérer seul. Restait à déterminer la façon de s'y prendre. En tout cas, il fallait agir vite : Joanna et Constantine n'avaient-ils pas rencontré le notaire de celui-ci ? Son père n'envisageait tout de même pas d'épouser sa maîtresse, si ? Jusqu'à présent, Demetri avait trouvé cette éventualité inimaginable, mais plus maintenant.

Il contempla la vaste tente, que sa blancheur faisait ressortir dans les ténèbres. Il pensa soudain à un immense linceul. La comparaison lui déplaisait profondément ; il se détourna d'un mouvement brusque. L'aube se lèverait bientôt, il était temps d'aller dormir.

Dormir ! Comme s'il allait pouvoir fermer l'œil en sachant que Joanna partageait le lit de son père, à l'autre extrémité de la villa. Comme le balcon courait tout autour de l'étage, il n'aurait qu'à le suivre pour se retrouver devant la porte-fenêtre de la chambre où ils dormaient ensemble.

Nom d'un chien ! Une idée venait de germer dans son esprit. Une idée un peu folle, risquée, mais… Après tout, qu'avait-il à perdre.

Gagné par une sorte d'excitation nerveuse, Demetri rentra dans sa chambre et ôta sa chemise blanche, qu'il remplaça par un T-shirt noir à manches courtes. Avec son pantalon noir lui aussi, il serait ainsi moins repérable dans l'obscurité.

Il allait mettre son idée à exécution : puisque Joanna passait ses nuits avec Constantine, sa chambre était en ce moment déserte ; et si jamais elle avait laissé la porte-fenêtre de son salon entrouverte, c'était le moment idéal d'aller jeter un coup d'œil dans ses affaires, à l'insu de tout le monde…

Demetri ignorait ce qu'il espérait trouver exactement, mais il découvrirait de toute façon un minimum d'informations, ne serait-ce que sur le passeport de la jeune femme — son adresse, par exemple.

Un frisson désagréable le traversa. Il avait beau se trouver des justifications, cette petite virée nocturne lui déplaisait. Cela ressemblait beaucoup trop à du voyeurisme — et s'il était surpris dans la chambre de Joanna...

Non, cela n'arriverait pas, se convainquit-il. Entre le salon de Joanna et la chambre de Constantine, il y avait un second salon. Par conséquent, il était impossible qu'ils l'entendent, même s'ils ne dormaient pas. Et de toute façon, il allait peut-être trouver la porte-fenêtre fermée.

Elle ne l'était pas. Comme il l'avait présumé, Joanna l'avait laissée entrouverte. Une lampe éclairait le salon.

Il se traita d'imbécile. Il s'apprêtait à faire demi-tour lorsque quelque chose — une intuition peut-être — le poussa à se rapprocher encore. Aucun son ne parvenait de la pièce. S'aplatissant au maximum contre le mur, Demetri avança légèrement la tête et jeta un regard furtif à l'intérieur.

Personne.

La porte qui communiquait avec le salon de son père était fermée et, bien que celle de la chambre de Joanna soit ouverte, il n'y avait aucune lumière dans celle-ci. Apparemment, elle avait laissé la lampe du salon allumée par inadvertance.

Plaqué au mur, il réfléchit. C'était ridicule d'hésiter puisque, de toute évidence, elle n'était pas là. Par ailleurs, le temps passait, il était déjà plus de 2 heures du matin.

Tendant le bras, Demetri poussa les battants de la porte-fenêtre et attendit un instant avant de pénétrer dans la pièce. Son cœur lui martelait les côtes. Il faillit éclater de rire tant la situation était absurde : à cause de Joanna, il en venait à s'introduire en douce dans sa propre maison ! Comme un voleur.

Il s'avança sans bruit. Si jamais un membre du personnel le surprenait, quelle tactique adopter ? se demanda-t-il soudain. Prétendre qu'il avait entendu du bruit et cru à la présence d'un intrus ? Était-ce plausible ? Comme ses propres appartements étant situés à l'autre extrémité de la villa, il pourrait toujours raconter qu'il faisait un tour sur le balcon parce qu'il n'arrivait pas à dormir. Et qu'il avait soudain eu l'impression que quelqu'un était entré chez Joanna.

Demetri secoua la tête. Une balade sur le balcon à 2 heures du matin ? Personne ne croirait une énormité pareille. Mais après tout, peu importait qu'on le croie ou non. Il faisait ceci pour son père. Les autres, il s'en fichait.

Menteur !

Sa duplicité l'effraya. Car il n'agissait pas pour son père mais pour lui-même. Toutefois, le moment était mal choisi pour une séance d'introspection. Il se trouvait là dans un but précis ; plus vite il aurait découvert ce qu'il cherchait, plus vite il pourrait regagner ses appartements.

Hormis les sandales abandonnées à côté de la porte-fenêtre, rien ne montrait qu'il s'agissait du salon de Joanna, nota-t-il en regardant autour de lui. Elle devait garder ses affaires personnelles dans sa chambre.

Refoulant son appréhension, il s'avança vers celle-ci. À l'intérieur, les stores baissés ne laissaient filtrer aucune lumière. Il allait devoir allumer une lampe. Demetri se dirigea vers le lit sur la pointe des pieds et tendit l'oreille. Aucun souffle ne troublait le silence.

Il revint sur ses pas et alluma une lampe. Comme il s'y attendait, le lit était vide. Mais les draps étaient froissés et l'un des oreillers gardait la nette empreinte d'une tête… Sans doute Joanna s'était-elle couchée, avant que Constantine ne la fasse venir auprès de lui. Il s'était retiré de bonne heure, se souvint Demetri.

Sans savoir pourquoi, il se retourna brusquement. Il découvrit alors Joanna immobile sur le seuil de la pièce.

Il aurait probablement dû se réjouir qu'elle n'ait pas crié en découvrant un homme vêtu de noir dans sa chambre. Depuis combien de temps était-elle là, à l'observer ? Et pourquoi, alors qu'il aurait dû se creuser la tête pour expliquer sa propre présence, se contentait-il de la regarder sans pouvoir réprimer le désir qui le dévorait malgré lui ?

Elle était si belle dans ce négligé en soie d'une subtile nuance de bronze clair, en harmonie avec la teinte des longs cheveux ondulant sur ses fines épaules. Jamais la passion interdite qu'il éprouvait pour cette femme n'avait été aussi vive, aussi brûlante. C'était une vision de rêve qui s'offrait à ses yeux. Et de cauchemar. Parce qu'il ne pourrait jamais assouvir le désir qu'il éprouvait pour Joanna Manning. Et cette certitude le déchirait.

— Demetri, commença-t-elle doucement. Que faites-vous ici ? Vous cherchez Constantine ?

Constantine… Le simple fait d'entendre prononcer le prénom de son père l'aida à recouvrer ses esprits.

— Non, dit-il d'une voix à peine audible. Ce n'est pas lui que je suis venu voir, mais vous.

Il s'interrompit un instant avant de poser la question qui lui brûlait les lèvres.

— Où étiez-vous ?

— Avec lui. Avec votre père. J'ai voulu m'assurer qu'il dormait paisiblement. Mais pourquoi vouliez-vous me voir ? Au beau milieu de la nuit ?

Incapable de répondre, il la dévisagea en silence. Il aurait mieux fait de s'en aller. Sur-le-champ.

— Alors ? insista-t-elle, de la même voix douce.

— Pour terminer notre conversation de tout à l'heure.

Elle avait compris ce à quoi il faisait allusion, Demetri le devinait à la légère roseur qui avait coloré ses hautes pommettes.

— Je ne vois pas de quelle conversation il s'agit, assura-t-elle pourtant. Et je crois que vous feriez mieux de vous en aller.

— Non. Il faut que nous parlions.

— Allez-vous-en, Demetri ! Tout de suite ! Sinon, j'appelle au secours.

— Vous ne feriez pas cela.

— Vous croyez ?

— Oui. Parce que vous respectez trop mon père.

— Ce n'est manifestement pas votre cas, riposta-t-elle avec colère.

Quand il s'avança vers elle, Joanna recula en secouant la tête, puis tendit le bras derrière elle pour se raccrocher à quelque chose afin de ne pas tomber sur le sofa. Jamais Demetri ne l'avait trouvée aussi adorable, aussi désirable. Et aussi inaccessible…

Mais lorsqu'elle entrouvrit soudain les lèvres, toute pensée déserta son esprit. Franchissant l'espace qui les séparait, il la prit dans ses bras et la serra contre lui en lui refermant la main sur les lèvres. Elle se figea, le corps raidit. Quant à lui, il ne pouvait s'empêcher de humer le parfum de ses cheveux, subtils effluves de citron, de verveine et de sa senteur personnelle.

Quand elle sortit de sa stupeur et commença à se débattre avec vigueur, il lui resserra le bras autour de la taille.

— Du calme, du calme…, dit-il d'une voix rauque. Je ne vous ferai pas de mal. Je désire simplement parler avec vous.

Mais, au lieu de se calmer, elle se débattit encore plus farouchement. Soudain, Demetri sentit une douleur vive lui transpercer la main. Bon sang, cette furie l'avait *mordu* !

Il la libéra. Du sang coulait dans sa paume. Il leva les yeux vers Joanna. Cette femme était folle. Et lui, il était fou d'avoir pensé qu'elle accepterait de l'écouter. Néanmoins, elle n'avait pas crié. Et quand leurs regards se croisèrent, il crut voir du remords dans le sien.

— *Pourquoi ?* demanda-t-il en levant la main.

Une goutte de sang tomba sur le tapis.

— Vous ne comprendriez pas.

— Essayez quand même.

— Vous devriez mettre un pansement sur cette plaie. Venez dans la salle de bains, ajouta-t-elle après un instant d'hésitation. J'ai de quoi vous soigner.

Ahuri, Demetri continuait à la fixer, les yeux écarquillés.

— Venez, répéta-t-elle.

Elle passa à côté de lui et traversa la chambre en direction de la salle de bains. Au lieu de s'en aller, ce qui aurait été la meilleure chose à faire, il se contenta de rester planté dans la pièce, à tenir sa main blessée.

Quelques instants plus tard, Joanna réapparut.

— Vous ne venez pas ? demanda-t-elle, sans le regarder. Il vaudrait mieux laver d'abord la plaie.

Demetri s'avança lentement, avec l'impression étrange de pénétrer dans une autre dimension. Le dos raide, il longea le lit et rejoignit Joanna, qui tenait un flacon d'antiseptique à la main. Quand il s'approcha, elle s'écarta pour le laisser entrer dans la salle de bains et lui désigna le lavabo.

Suivant son conseil, il lava la plaie, puis s'assit sur le bord de la baignoire comme le lui demandait Joanna. Après avoir pris une compresse, elle lui sécha d'abord la peau ; puis, avec une réticence évidente, elle lui souleva le poignet.

— Cela va sans doute piquer un peu, dit-elle en versant quelques gouttes d'antiseptique sur la plaie.

Demetri serra les dents.

— Oui, un peu, acquiesça-t-il d'un ton pince-sans-rire. Pourquoi m'avoir mordu ?

Un soupir s'échappa de la belle bouche pulpeuse.

— Disons que je n'aime pas que l'on me force à… à faire quoi que ce soit.

— C'est l'impression que je vous ai donnée ? Vous avez cru que j'allais vous… forcer ? Pour l'amour du ciel, Joanna ! Quand je vous ai dit que je ne vous ferais pas de mal, j'étais sincère.

Incapable de retenir son geste, de sa main libre il lui releva le menton, de façon à voir son visage.

— Vous me croyez, maintenant, n'est-ce pas ?

Elle déglutit, avant de dégager son menton d'un mouvement brusque.

— Vous ne comprenez pas, dit-elle, concentrée de nouveau sur sa tâche.

— Non. Vous voulez bien m'expliquer ?

Après avoir appliqué délicatement un pansement sur la plaie, Joanna poussa un profond soupir. Puis, alors que Demetri pensait qu'elle ne dirait plus rien, elle redressa soudain les épaules et le regarda droit dans les yeux.

— Mon ex-mari a voulu me persuader de… de coucher avec un autre homme, avoua-t-elle d'une voix crispée. Cela vous paraît normal ?

Suffoqué, Demetri la contempla un instant en silence. Quand elle voulut se détourner, il lui prit la main. À son grand soulagement, elle ne tenta pas de se libérer.

— Votre ex-mari ? répéta-t-il avec stupeur. Joanna…

— Il était homosexuel, continua-t-elle sur un ton détaché. Ses parents l'ignoraient. S'ils avaient découvert la vérité, ils en auraient été mortifiés. Ils étaient assez âgés, et pas très ouverts, disons. Richard était leur fils unique ; ils le considéraient comme un être merveilleux et parfait.

Demetri l'attira vers lui.

— Et vous, vous étiez au courant ?

Elle baissa les yeux.

— Non, pas avant de l'épouser.

— Mais…

— J'étais affreusement naïve, coupa-t-elle avec une pointe d'amertume dans la voix. Comme je vous l'ai dit, j'ai été élevée par une vieille tante. Richard le savait, il en a profité.

— Tout de même, marmonna-t-il en secouant la tête.

Ce qu'elle venait de lui révéler était si incroyable ! Était-il censé la croire ? La croyait-il ?

— Vous ne me croyez pas ? lança-t-elle, bravache.

L'espace d'un instant, Demetri se demanda s'il avait exprimé ses doutes à voix haute.

— Je n'ai pas dit cela, mais…

— Ce n'était pas la peine, l'interrompit-elle de nouveau

avec un sourire triste. Les parents de Richard ont réagi de la même façon.

— Je ne comprends pas, répliqua-t-il doucement. Qu'espérait-il en vous faisant cette proposition ?

— Il désirait que j'aie un enfant, répondit-elle, cynique. Alors que, de mon côté, je m'étais résignée à un mariage stérile ! Mais comme ses parents étaient impatients d'avoir un petit-fils ou une petite-fille…

Demetri se frotta la joue, pensif. Disait-elle la vérité ? Était-il possible qu'il se soit mépris à ce point ? Sur toute la ligne ?

— Et a-t-il réussi à vous convaincre ?

En réalité, il ne voulait pas le savoir. Joanna avait dit ne pas avoir d'enfant, de toute façon. À présent, il comprenait pourquoi elle avait répondu de façon brutale quand il lui avait posé la question. Mais cela ne signifiait pas pour autant…

La réponse de Joanna fut aussi inattendue que ses révélations : lentement, elle lui prit les mains, puis se pencha pour effleurer ses lèvres des siennes.

12.

Toujours assis sur le bord de la baignoire, Demetri se forçait à contenir le désir qui le consumait. Il aurait été si facile d'y céder ! D'autant qu'il savait maintenant que Joanna ne le repousserait pas.

Toutefois, une petite voix — celle de sa conscience — lui répétait que cette femme délicieuse n'était pas pour lui. Qu'elle ne serait jamais à lui. Parce qu'elle était la maîtresse de son père et qu'il n'avait pas le droit de la toucher. Encore moins de lui faire l'amour, même s'il brûlait de la soulever dans ses bras et de l'emporter dans la chambre. De lui ôter ce négligé en soie et la chemise de nuit en dentelle qu'il entrevoyait dessous, de dénuder ses seins haut perchés dont il rêvait jour et nuit, de…

Au prix d'un effort surhumain, Demetri dégagea ses mains et la repoussa doucement.

— Joanna, je te désire comme un fou, tu le sais, commença-t-il d'une voix rauque. Mais je ne peux pas… Je n'ai pas le droit…

En proie à un véritable vertige, il ferma les yeux. Les lèvres douces de la belle Anglaise lui baisèrent alors les paupières.

— Joanna…, supplia-t-il.

Aucune femme n'avait jamais eu le pouvoir de provoquer en lui de telles sensations. Joanna était l'unique. La seule. Et elle était à son père, pas à lui.

— Ne t'inquiète pas, murmura-t-elle soudain.

Demetri rouvrit brusquement les yeux.

— Ne pas m'inquiéter ? s'exclama-t-il.

— Oui. Nous ne faisons rien de mal. Je ne peux rien t'expliquer pour l'instant mais tu comprendras bientôt. Je te le promets.

Il fronça les sourcils, désarçonné. Comment aurait-il pu ne pas s'inquiéter alors qu'il mourait d'envie de se perdre en elle et qu'elle était la maîtresse de son père ?

— Aie confiance en moi, chuchota-t-elle.

Une sensation inconnue traversa Demetri. Un désir non plus seulement physique mais *total*. Il voulait Joanna tout entière. Et soudain, il eut envie de lui faire confiance, comme elle le lui demandait. Il y avait un tel mélange de sensualité et d'innocence dans ses beaux yeux bleus. Cette femme était un mystère. Un mystère auquel il brûlait de s'abandonner. Corps et âme.

— Tu ne veux pas essayer ?

— Essayer ? murmura-t-il.

— Oui, de me faire confiance.

Cette fois, il cessa de s'interroger. Il la porta dans ses bras jusqu'à la chambre et la déposa sur le lit. Dans le mouvement, la ceinture du négligé se défit et les pans s'entrouvrirent. Seule la fine chemise de nuit, presque transparente, s'interposait entre ses mains et le corps de Joanna. Il aurait pu l'arracher pour dévoiler enfin ces courbes superbes qui hantaient sans répit son imagination, mais il refréna l'ardeur qui le ravageait. Ils avaient le temps. Le restant de la nuit.

Détachant à regret son regard de la vision enchanteresse, Demetri ôta son T-shirt à la hâte, pressé de s'étendre auprès de Joanna et de la reprendre dans ses bras.

Et quand, s'appuyant sur un coude, elle tendit le bras pour lui effleurer le torse du bout des doigts, presque timidement, il acheva de se déshabiller rapidement et la rejoignit sur le lit.

Le négligé atterrit bientôt sur le tapis, suivi de la chemise de nuit. Fasciné, Demetri se redressa pour contempler les adorables seins ronds, le ventre plat, les longues jambes galbées ; et, entre ses cuisses à la peau légèrement hâlée, la toison de boucles claires…

Comme si elle devinait ce qu'il brûlait de faire, Joanna referma avec pudeur les mains sur son pubis.

— Pourquoi te caches-tu ? murmura-t-il en la regardant. Tu es si belle !

Une émotion inconnue lui noua la gorge. Il réalisa alors que Joanna avait les joues roses d'embarras. À moins qu'elle n'ait changé d'avis…

— Tu ne peux pas imaginer à quel point j'ai envie de toi, poursuivit-il d'une voix rauque. Mais si tu ne veux pas que nous allions plus loin, dis-le. Maintenant.

— Tu me désires vraiment ? demanda-t-elle dans un chuchotement. Ou tu…

— Ou rien, coupa Demetri en se penchant vers son sein.

Un sein parfait. Au mamelon rose framboise, gonflé et dur. Réprimant un gémissement, il le prit entre ses lèvres et le caressa de la langue avant de le mordiller doucement.

— Comment peux-tu en douter ? reprit-il contre sa chair tendre.

— Pourquoi moi ? Tu pourrais avoir toutes les femmes que tu veux.

— Je n'en veux pas d'autre. C'est toi que je désire. Toi et seulement toi.

Stupéfait, il réalisa qu'il était sincère.

— Mais…

Demetri la fit taire d'un baiser en même temps qu'il glissait la main entre ses cuisses. Elle les ouvrit aussitôt, comme si elle était impatiente de l'accueillir.

Elle frémit sous ses doigts. Prête pour lui. De son côté, il avait de plus en plus de mal à contrôler sa libido, d'autant plus qu'à présent Joanna lui caressait le dos et les fesses. Si elle continuait ainsi, il risquait fort de basculer dans la jouissance comme un adolescent inexpérimenté.

— Joanna, protesta-t-il quand elle lui enfonça les ongles dans les hanches.

— Qu'y a-t-il ? murmura-t-elle d'une voix inquiète. J'ai fait quelque chose qu'il ne fallait pas ?

— Non. Au contraire. Mais je veux prendre mon temps, Joanna. Et te donner du plaisir. Du vrai plaisir. Tel que tu n'en as jamais connu.

Les pommettes écarlates, elle redressa alors le buste et embrassa Demetri à pleine bouche. Cette fois, ce fut elle qui chercha sa langue. Elle la trouva et leur baiser devint un ballet torride. Ses seins s'écrasaient contre le poitrail de Demetri, son ventre se pressait contre le sien. Elle avait relevé les genoux, et ses jambes le retenaient prisonnier. Il avait un mal de chien à résister, son *self-control* soumis à rude épreuve. Confusément, il se demanda comment il réussissait à ne pas la prendre tout de suite, là, maintenant. Peut-être parce que son instinct lui disait qu'il devait y aller en douceur.

Cette étreinte serait singulière, pressentit-il. Unique. Comme Joanna.

Quand il s'enfonça précautionneusement en elle, Demetri sentit son intimité se contracter autour de son érection. Il serra les dents. Cette femme était incroyable. Stupéfiante. Lui faire l'amour une fois ne suffirait pas à apaiser la faim d'elle qui le dévorait. C'était presque comme faire l'amour à une vierge. Ce qui ne lui était pas souvent arrivé.

Ce fut sa dernière pensée cohérente avant de renoncer à tout contrôle.

Joanna se raidit. Elle ne put s'en empêcher. Jusqu'à présent, Demetri avait été si merveilleux, ses caresses si fabuleuses qu'elle avait oublié toutes ses craintes. Hélas soudain, elle n'était plus sûre de rien. En outre, elle avait été stupide de croire qu'il ne s'apercevrait pas qu'elle était vierge. *Qu'allait-il penser ?*

Tous ses doutes revinrent l'assaillir. Sur les réelles intentions de Demetri, sur sa propre attitude. Et puis, elle n'aurait jamais dû lui dire de ne pas s'inquiéter, qu'il comprendrait plus tard. À présent, il allait sans doute exiger des explications. Or elle ne pouvait rien lui dire pour l'instant. Pas sans trahir Constantine.

Mon Dieu, dans quel guêpier t'es-tu fourrée, ma fille ?

Et maintenant, il allait vraiment la pénétrer. Il allait lui faire l'amour. Et c'était elle qui l'y avait incité.

Joanna se rendit compte qu'elle tremblait. D'excitation plus que de peur. Mais ce constat ne la rassura pas pour autant. Pourquoi Demetri Kastro ? Pourquoi, alors qu'elle s'occupait de sa main blessée, avait-elle senti le désir vibrer entre eux et eu soudain la certitude qu'avec lui elle pourrait se laisser aller ? Avec lui et nul autre ?

Qu'avait-il de différent ? Pourquoi, quand il l'embrassait, la caressait, que son corps viril écrasait le sien, oubliait-elle ce qu'elle avait vécu avec Richard ? Pourquoi ne se figeait-elle pas, comme cela avait été le cas avec les quelques hommes qu'elle avait connus après cette horrible expérience ?

Elle n'avait aucune réponse à ses questions. Demetri avait le pouvoir de faire naître en elle des sensations insensées. Avec lui, elle se sentait femme. Une vraie femme. Désirable et désirée. Alors, tout en pressentant qu'au petit matin elle verrait les choses d'un autre œil, elle s'autorisa à s'abandonner au désir qui les consumait tous les deux.

D'instinct, elle souleva les hanches avant de s'immobiliser en retenant son souffle. La puissante érection s'enfonça en elle, au plus profond. Ce ne fut pas douloureux. Seulement étrange, constata-t-elle avec surprise. Au même instant, une douleur fulgurante la transperça, si vive que Joanna en eut les larmes aux yeux. Au deuxième coup de reins, elle ne put retenir un cri. Demetri dut forcément comprendre ce qu'il venait de faire…

S'appuyant sur les mains, il se redressa au-dessus d'elle et plongea un regard confus dans le sien.

— Pourquoi ne m'avoir rien dit ?

Un frisson glacial parcourut Joanna. Quel prix allait-elle devoir payer pour lui avoir caché la vérité ?

— Si je te l'avais dit, tu… tu m'aurais crue ?

— Mais, tu as été mariée !

— Je t'ai raconté ce qu'il en avait été, soupira-t-elle.

— Tu ne m'as pas tout expliqué, manifestement.

Puis, baissant les yeux sur leurs corps toujours unis, il poussa un juron étouffé.

— Je suis désolé, Joanna. Je n'aurais jamais dû…

— Tu regrettes ? l'interrompit-elle sans réfléchir. Tu avais dit que tu me désirais !

— Oui, mais je ne savais pas que…

Il secoua la tête, l'air complètement perdu.

— Et… Et mon père ? Je ne comprends pas.

Levant la main, elle lui caressa la joue.

— Ne me demande pas de t'expliquer, murmura-t-elle. Pas maintenant, s'il te plaît. Je peux seulement te répéter que tu n'as pas à t'inquiéter.

Elle prit une longue inspiration et vrilla le regard au sien.

— Fais-moi l'amour, Demetri.

Un éclat torturé traversa les yeux sombres de son premier amant. Quand elle lui noua les mains sur la nuque, il ferma un instant les paupières.

— Embrasse-moi, murmura-elle.

Une assurance inconnue l'avait gagnée. Demetri lui prit le visage entre les mains, caressa longuement sa bouche avec la sienne, puis l'embrassa. Elle fut alors traversée par un sentiment d'exultation.

Redressant soudain la tête, Demetri donna un vigoureux coup de reins. Elle gémit.

— Tu me fais perdre la tête, dit-il d'une voix rauque

en se retirant, avant de plonger de nouveau en elle, plus puissant encore.

Toi aussi, aurait-elle voulu répliquer. Mais les sensations qui l'inondaient étaient si intenses, si fabuleuses qu'elle ne put prononcer un mot. Le plaisir montait en elle, de plus en plus impérieux, de plus en plus fort.

Lorsque Demetri accéléra le rythme de ses poussées, elle l'encouragea en haletant sans retenue. Leurs corps semblaient faits l'un pour l'autre, songea-t-elle confusément.

L'instant d'après, Joanna fut emportée par la jouissance. Les vagues la soulevèrent, d'une volupté inouïe, et durant un moment qui lui sembla à la fois infini et trop court, elle bascula dans un univers merveilleux dont elle n'aurait jamais soupçonné l'existence.

Une seconde vague la balaya quand Demetri la suivit dans l'extase et s'abandonna totalement.

Seigneur, elle ne prenait même pas la pilule !

Mais elle n'eut pas le temps de s'appesantir sur les nouvelles craintes qui l'assaillaient, car une voix d'homme résonna soudain dans le salon ; celle de Pétros, tremblante d'anxiété :

— Madame Manning ! Venez vite, il ne va pas bien du tout et il vous réclame !

13.

Demetri contempla le visage de son père endormi en repensant à tout ce qu'il avait découvert en l'espace de quelques heures.

Même si Constantine allait mieux et que son état était stable, avait dit le médecin, ses jours étaient néanmoins comptés.

La gorge serrée, Demetri se rappela le sourire avec lequel son père lui avait annoncé qu'il était guéri, peu après son opération. En réalité, l'intervention chirurgicale n'avait servi à rien, le cancer de l'estomac ayant gagné d'autres organes. Les médecins de l'hôpital lui avaient menti eux aussi, à la demande d'un Constantine qui ne voulait pas retarder le mariage de sa fille cadette.

Dire qu'il les avait crus... À présent, il comprenait pourquoi son père avait amené Joanna avec lui à Theapolis : pour détourner l'attention de ses enfants. Pour qu'ils se concentrent sur sa relation avec elle et en oublient de lui poser trop de questions sur son état de santé. En outre, le vieux rusé avait dû penser qu'en le croyant capable d'entretenir une liaison avec une femme beaucoup plus jeune que lui, ses enfants penseraient qu'il était complètement rétabli.

Demetri se leva sans faire de bruit. Il se dirigea vers la large fenêtre qui donnait sur le parc entourant la clinique privée où son père avait été transporté d'urgence par hélicoptère. Situé dans la banlieue d'Athènes, l'établissement se trouvait à proximité de la mer, dont les eaux miroitaient au loin.

Quand Constantine pourrait-il rentrer à Theapolis ? Il ne repartirait pas sans lui. Ils ne regagneraient l'île qu'ensemble.

Il serra les poings en pensant à Joanna. Il devait absolument lui parler, la revoir. Trois longs jours et trois longues nuits avaient passé depuis l'arrivée de son père à la clinique. Daniil Tsikas, le médecin de Theapolis, les avait accompagnés — Demetri l'avait fait venir dès qu'il avait constaté que Constantine avait du mal à respirer.

Ce dernier avait protesté, bien sûr, répétant qu'il avait déjà un traitement et n'avait besoin de rien d'autre. Mais Demetri avait refusé de l'écouter. Et il avait eu raison. Ce n'était que lorsqu'il avait appris que le cancer était en phase terminale qu'il avait compris le refus de son père.

Le vieil obstiné ! Il se sera entêté jusqu'au bout à nous cacher la vérité, songea Demetri en sentant les larmes lui picoter les yeux. Il aurait pu lui en parler, bon sang ! Il aurait *dû* lui en parler. N'était-il pas son fils unique ? Son héritier ? En tant que tel, il avait le droit de connaître la vérité, non ?

Seule Joanna était au courant. Constantine ne s'était confié qu'à elle. Sans elle, il n'aurait jamais pu jouer la comédie. Mais pourquoi avait-elle accepté de l'aider ? En échange de quoi ? Elle ne partageait même pas son lit — Dieu merci…

Demetri repensa à ses paroles : « Ne t'inquiète pas. Je ne peux rien t'expliquer maintenant mais tu comprendras bientôt. » Oui, il comprenait désormais qu'il n'avait pas trahi son père. Hélas, cette certitude ne le consolait pas du chagrin immense qui s'était abattu sur lui en apprenant la triste vérité.

Que pensait Joanna, maintenant ? Serait-elle contente de le revoir ? Probablement pas. Quand elle avait entendu Pétros l'appeler au secours, alors qu'ils venaient de jouir ensemble, un mélange de regret et de remords avait envahi ses traits fins. Ainsi que de l'amertume.

Sans prononcer un mot, elle s'était écartée de Demetri, avait ramassé son négligé et l'avait renfilé à la hâte avant de quitter la chambre.

Peut-être pour lui épargner tout embarras, s'était-il dit après coup. Cela lui avait en effet permis de se rhabiller sans que Pétros ne devine sa présence. En tout cas, celui-ci n'avait manifesté aucun soupçon lorsqu'il était arrivé au chevet de son père quelques instants plus tard. De toute façon, ils étaient tous bien trop préoccupés par l'état de Constantine pour se soucier d'autre chose.

Par la suite, Demetri s'était demandé ce qui se serait passé si Joanna et lui n'avaient pas été interrompus par Pétros. Par moments, il songeait que c'était mieux ainsi. Qu'ils s'étaient laissés aller uniquement parce qu'ils avaient bu trop de champagne ce jour-là.

Néanmoins, ils n'avaient pas pris une goutte d'alcool avant d'aller visiter le temple d'Athéna. Or il avait déjà été en proie à un désir incontrôlable pour Joanna. En vérité, il l'avait désirée dès l'instant où elle l'avait défié du regard, avec ses magnifiques yeux bleus. Croire qu'elle était la maîtresse de son père l'avait véritablement déchiré — il avait failli le trahir à cause d'elle ; ce qu'il ne se pardonnerait jamais.

En réalité, Joanna n'avait rien fait de mal. Elle avait joué la comédie pour aider Constantine. Le seul coupable c'était lui-même.

Il se détourna de la fenêtre et posa les yeux sur le visage épuisé de son père. Joanna lui avait dit de ne pas s'inquiéter, certes, mais sur le moment il avait été loin de soupçonner qu'il pouvait lui faire l'amour sans trahir Constantine. Par conséquent, en cédant à son désir pour elle, il avait commis un acte odieux, impardonnable.

Alors pourquoi ce besoin de revoir cette femme qui était à l'origine de sa culpabilité ? Que comptait-il obtenir en s'entretenant avec elle ? De son côté, Joanna devait le mépriser. Elle appelait la clinique chaque jour, mais n'avait pas demandé à lui parler…

Olivia de son côté était arrivée quelques heures après l'admission de leur père aux urgences. Elle avait reproché à Demetri de ne pas l'avoir réveillée. Elle avait accablé Joanna, l'accusant d'être responsable de la rechute de Constantine. Même les révélations de l'oncologue n'avaient pu modifier sa certitude que Joanna avait épuisé leur père.

Or Demetri n'aurait pu la détromper sans se compromettre. C'était d'autant plus impossible que cela serait revenu à trahir Constantine une seconde fois. Puisque celui-ci voulait que tous les prennent, lui et Joanna, pour des amants, il respecterait son désir. En outre, lui-même répugnait à reconnaître publiquement qu'il était un salaud. Mais de toute façon, ce n'était qu'une question de temps. Cela se saurait tôt ou tard. Et à ce moment-là, Olivia le mépriserait. Même Alex, sa chère et espiègle petite Alex aurait sans doute du mal à lui pardonner…

Son père remua légèrement. Demetri se rapprocha du lit, le cœur serré. Le pauvre, il semblait si faible, si vulnérable…

— Demetri ?

Sa voix était frêle. Presque inaudible.

— Oui, papa, dit-il doucement. Je suis là. Comment te sens-tu ?

— Beaucoup mieux, répondit Constantine d'une voix plus ferme. Joanna est là aussi ?

Ce n'était pas la première fois qu'il la réclamait. Jusqu'à présent, Olivia avait réussi à trouver le moyen d'expliquer son absence — sa sœur refusait catégoriquement à Joanna le droit de se mêler de ce qu'elle considérait comme une affaire de famille.

— Non, dit Demetri. Mais elle le regrette, j'en suis

certain. Malheureusement, la météo est mauvaise depuis que tu as quitté Theapolis et il ne serait pas prudent de voyager par hélicoptère dans de telles…

— En d'autres termes, tu ne veux pas qu'elle vienne, l'interrompit son père.

— Pas du tout, se défendit Demetri. Elle pourrait prendre le ferry.

Comment dire à son père que si Joanna était venue, Olivia l'aurait empêchée de l'approcher.

— Ne prétends pas que tu serais content qu'elle vienne me voir ! s'exclama celui-ci, le regard soudain fiévreux. Les infirmières m'ont dit qu'elle avait appelé plusieurs fois. Est-ce si difficile pour toi de comprendre que je veux la voir ?

— Non. Je vais voir ce que je peux faire.

À son grand soulagement, son père sembla satisfait de sa réponse.

— Très bien. Et maintenant, je voudrais boire un peu.

Demetri versa de l'eau dans le verre posé sur la table de nuit. Il y glissa une paille, qu'il introduisit délicatement dans la bouche de son père.

— Merci, mon fils, murmura ce dernier après avoir aspiré un peu d'eau.

Une fois le verre reposé à sa place, Demetri dit qu'il allait le laisser dormir.

— Je reviendrai tout à l'heure, ajouta-t-il avant de se diriger vers la porte.

— Tu penses que j'aurais dû te dire que je suis mourant, n'est-ce pas ?

Il s'arrêta à mi-chemin, glacé.

— Papa…, commença-t-il en se retournant.

— Ne dis pas le contraire. Mais ne rends pas Joanna responsable de mon silence.

Demetri secoua la tête. C'était la première fois que son père faisait allusion à son état, aussi ne savait-il comment réagir.

— Je ne la considère pas comme coupable, dit-il enfin en revenant vers le lit. Je… Je respecte les raisons qui t'ont poussé à te taire.

La bouche mince du vieil homme tressaillit au coin.

— Tu es bien compréhensif, cela te ressemble peu, mon fils. Mais ne te laisse pas impressionner par cette rechute : je serai bientôt sur pied, crois-moi.

Demetri se força de nouveau à sourire.

— En attendant, je crois vraiment que tu devrais te reposer, papa.

— Oui, je vais me reposer, promit son père en lui tendant une main que, la gorge nouée, Demetri prit entre les siennes. Quand tu m'auras promis de faire la paix avec Joanna.

— Faire la paix avec…

— Tu sais très bien de quoi je parle ! J'ai vu la façon dont tu la regardais quand Daniil est venu à mon chevet, cette nuit-là. Tu ne savais pas que je t'observais, mais j'ai compris que tu étais mécontent qu'elle soit là. Lui en veux-tu ? Si c'est le cas, c'est bien dommage, parce que j'avais espéré que vous deviendriez amis, tous les deux.

Demetri eut l'impression de suffoquer.

— Papa…

Une fois encore, son père ne le laissa pas poursuivre :

— Elle n'a pas eu la vie facile. Son mari n'était pas un homme pour elle. Je ne peux pas te donner de détails, mais il l'a rendue très malheureuse.

— Je comprends, murmura Demetri.

— J'en doute. Il l'a humiliée et lui a fait beaucoup de mal. À cause de lui, Joanna a perdu toute confiance en elle. Quand j'ai fait sa connaissance, elle n'était que l'ombre de la femme que tu as rencontrée à Theapolis. Je me plais à penser que grâce à moi elle a repris confiance en elle. Peu à peu, elle s'est ouverte à moi et nous sommes devenus amis. Alors quand j'ai appris la vérité concernant mon état de santé et compris que je n'en avais plus pour longtemps, c'est à elle que je me suis confié, et c'est auprès d'elle que j'ai trouvé le réconfort que je ne pouvais demander à mes propres enfants.

— Je…

— Laisse-moi parler, mon fils. Joanna n'est pas ce que tu crois. C'est une femme bien. Et je lui suis profondément attaché.

Son père le fixait entre ses paupières mi-closes.

— Me comprends-tu, Demetri ? Elle compte vraiment pour moi.

Toutes sortes de pensées se bousculaient dans son esprit. Constantine sous-entendait-il par là qu'il souhaitait l'épouser ?

— Pourquoi me dis-tu tout cela, papa ?

— Parce que je l'aime, Demetri. Et qu'elle m'est très chère. Et parce qu'après ma mort je veux que tu me promettes de veiller à ce qu'elle ne manque jamais de rien.

— C'est hors de question ! répéta Olivia d'une voix ferme.

— Parle moins fort, s'il te plaît ! s'agaça Demetri. Tu veux que tout le monde nous entende nous disputer ? Puisque papa désire voir Joanna, nous n'avons pas le droit de nous opposer à sa venue, que tu le veuilles ou non.

— Tu parles ! riposta sa sœur avec colère. Nous savons très bien ce qu'il *désire*.

— Olivia !

— Non, n'insiste pas, Demetri ! lança-t-elle d'un ton sans appel. Pourquoi ne lui as-tu pas répondu qu'elle était retournée en Angleterre ? Pourquoi lui laisser croire qu'elle est toujours à la villa, à attendre son retour ?

Demetri se força à dominer sa colère.

— Ce n'est pas parce que tu ne l'aimes pas que…

— Tu veux dire que toi, tu l'apprécies, maintenant ?

Après un bref instant de désarroi, il se ressaisit.

— Elle n'est pas ce que tu crois. Elle et papa sont vraiment…

— Je n'en reviens pas ! le coupa de nouveau sa sœur. Elle t'a ensorcelé aussi, ma parole ! Comme papa ! Je t'avais prévenu, mais tu as refusé de m'écouter.

— Tu te fais des idées, riposta Demetri. Je dis seulement que tu t'es peut-être trompée à son sujet. À moins que tu ne penses que notre père a perdu la tête et qu'il…

— Je pense qu'il est trop malade pour agir de façon rationnelle, c'est tout. Je m'étais toujours demandé ce que cette garce voyait en lui. Eh bien, maintenant, j'ai compris. Elle le savait malade. En phase terminale. Alors, elle a…

— Tais-toi ! Ce n'est pas du tout comme cela que les choses se sont passées. Joanna connaissait papa depuis plusieurs années. Ils se sont rencontrés bien avant qu'il n'apprenne qu'il avait un cancer.

— Ah, tu crois ça ? fit Olivia en haussant les sourcils, narquoise.

— C'est la vérité.

— Tu veux dire que c'est ce qu'elle t'a raconté ?

— Non, c'est papa qui me l'a dit, répliqua lentement Demetri. Maintenant, excuse-moi mais je vais m'occuper de faire venir Joanna.

— Elle est partie, rétorqua sa sœur d'un ton brutal.

Le temps sembla s'arrêter.

— Comment cela, *partie* ? demanda-t-il enfin.

— C'est clair, non ? riposta froidement Olivia. Elle n'est plus à la villa. Elle est rentrée à Londres.

Un froid glacial se propagea en lui.

— Quand ? Quand est-elle partie ?

— Il y a trois jours.

Ainsi, elle téléphonait de Londres… Demetri eut envie de prendre sa sœur par les épaules et de la secouer.

— C'est toi qui lui as demandé de partir, c'est ça ?

Pour la première fois, elle eut l'air un peu mal à l'aise.

— Oui, et alors ? Si tu n'avais pas été ici, tu aurais fait la même chose à ma place, non ?

— Si tu le penses vraiment, pourquoi sembles-tu en douter ?

Refrénant sa colère à grand-peine, Demetri poursuivit d'une voix sourde :

— Tu… Tu n'avais pas le droit !

— Au contraire, se défendit-elle, l'air indigné. Tu sais très bien que c'est à cause d'elle que papa a rechuté. Elle…

— Elle n'était pas sa maîtresse ! s'écria-t-il, à bout de patience.

Olivia le regarda en écarquillant les yeux.

— Pas sa maîtresse ? murmura-t-elle, avant de se ressaisir et d'enchaîner, le menton haut : Comment le sais-tu ? enchaîna-t-elle.

— Je le sais, c'est tout.

— C'est papa qui te l'a dit aussi ?

— Non, répondit Demetri d'un ton neutre.

— Tu ne crois tout de même pas les mensonges de cette femme ?

— Joanna n'a pas menti. Et elle n'a pas eu besoin de me dire quoi que ce soit. Il faut que je te fasse un dessin ?

— Tu… Tu…, balbutia Olivia en reculant d'un pas. Non, ce n'est pas vrai ! Tu as… couché avec elle ?

— Oui, répondit-il sèchement. Et elle était vierge, Olivia. Alors, la prochaine fois que tu ressentiras le besoin de calomnier Joanna, je te conseille de modérer ton langage.

14.

Quand elle trouva le message laissé par Demetri sur sa boîte vocale, qu'elle entendit sa voix, tendue mais pas hostile, Joanna crut que son cœur allait s'arrêter de battre.

Après avoir posé à la hâte ses clés et son sac sur la console de l'entrée, elle se dirigea vers le sofa et s'y laissa tomber avant de réécouter le message :

« Joanna, ma sœur m'a raconté ce qu'il s'était passé et je suis désolé que tu te sois sentie obligée de partir. Mais mon père désire te voir. Alors nous ne te serions reconnaissants de bien vouloir revenir, le plus vite possible. »

Olivia avait sans doute omis de préciser à son frère qu'après l'avoir littéralement accusée d'avoir mis la vie de Constantine en danger, elle lui avait *ordonné* de quitter la villa. Mais peu importait, à présent. Ce qui troublait le plus Joanna, c'était la perspective de se retrouver face à Demetri et de devoir faire comme si rien n'avait changé. Parce que tout avait changé pour elle. Sa vie avait été complètement chamboulée, de fond en comble.

Rien ne serait plus comme avant. C'était d'ailleurs pour cela qu'elle ne s'était pas défendue et s'était laissé congédier comme une voleuse par Olivia. Spiro l'avait enjointe d'attendre le retour de Demetri, mais elle avait tenu à partir.

Un petit avion privé l'avait conduite à Athènes, d'où elle avait embarqué pour Londres. Quelques heures après le départ de Constantine pour la clinique, Joanna s'était retrouvée chez elle. Sans la coûteuse garde-robe offerte par son cher ami rangée dans le dressing, elle aurait presque pu croire à un mauvais rêve.

Mais les souvenirs étaient bien trop réels, trop vivaces. Jamais elle ne parviendrait à oublier ce qu'elle avait vécu cette nuit-là. D'autant qu'elle n'était pas certaine de vouloir l'oublier.

Alors qu'au contraire, elle aurait dû tout faire pour effacer ces instants de sa mémoire. Parce que, même si Demetri avait des remords après s'être trompé sur son compte, Joanna ne se faisait pas d'illusions : pour lui, cette étreinte passionnée ne représentait rien. Il avait eu envie d'elle, point final. Alors que de son côté…

Stop ! s'ordonna-t-elle. *Tout de suite !*

Inutile de rêver : non seulement Demetri n'était pas pressé de se marier, mais le jour où il se déciderait, il choisirait une femme de la même nationalité et du même milieu que lui. Dans ces conditions, que faire ? Joanna désirait revoir Constantine, l'ami fidèle qui avait été un vrai père pour elle et qui avait toujours été là quand elle avait besoin de lui. Qui l'avait aidée à divorcer d'avec Richard. Sans lui, elle serait sans doute toujours mariée à ce salaud.

Le jour où son patron lui avait demandé d'aller porter une tabatière à l'un de leurs plus importants clients au Grosvenor Park Hotel, elle ne se doutait pas que Constantine Kastro et elle deviendraient d'aussi bons amis. Mais le riche armateur grec s'était pris immédiatement d'amitié pour elle, qui était alors complètement farouche et fermée. Il lui avait fallu du temps pour se laisser apprivoiser, mais peu à peu ils s'étaient rapprochés l'un de l'autre.

Joanna quitta le sofa et se dirigea vers la cuisine attenante au salon. Elle remplit la bouilloire. Finalement, elle avait parlé de son mariage lamentable à Constantine, et grâce à lui elle avait réussi à redresser la tête, puis trouvé le courage de demander le divorce.

Mais cela n'avait pas été sans peine. Richard s'était révélé un redoutable manipulateur et, pendant longtemps, il l'avait forcée à rester avec lui en recourant à toutes sortes de menaces.

Il avait pensé qu'elle ne le quitterait jamais ; il la croyait sans doute trop soumise, trop craintive pour désirer vraiment s'en aller. Sinon, il n'aurait pas été jusqu'à faire venir un homme chez eux, la laissant seule avec celui-ci dans l'espoir qu'elle le prendrait comme amant. Et le fait qu'elle ne réagisse pas comme il le souhaitait n'avait pas découragé Richard. Il avait recommencé, plusieurs fois. Mais sans jamais arriver à ses fins.

Avec le soutien de Constantine, Joanna était en effet allée voir un avocat ; peu après, elle quittait le domicile conjugal. Ensuite, elle avait dû essuyer les reproches et les accusations des parents de Richard : elle n'était qu'une ingrate, elle détruisait la vie de leur fils…

Et quand elle avait fini par obtenir le divorce, c'était Constantine qui était allé dire fermement à Richard de ne plus chercher à la revoir. C'était lui qui l'avait aidée à surmonter sa détresse — et qui avait partagé son soulagement de voir ce cauchemar enfin terminé.

Joanna versa l'eau bouillante dans la théière et retourna au salon.

Que faire ? Si Demetri lui demandait de revenir, cela signifiait que l'état de Constantine s'était aggravé. Quand elle avait appelé la clinique ce matin-là, on lui avait répondu qu'il avait passé une bonne nuit, mais pouvait-elle se fier à ce que lui disait l'infirmière ? Elle ne faisait pas partie de la famille. Par conséquent, on lui racontait peut-être n'importe quoi.

Elle souleva sa tasse en soupirant. *Mon Dieu, que faire ?* se demanda-t-elle encore une fois avant d'avaler une gorgée de thé brûlant.

*
* *

Moins de quarante-huit heures plus tard, Joanna sortait d'un taxi et s'avançait vers les portes en verre de la clinique. Celles-ci s'écartèrent en silence à son approche.

Elle n'avait pas essayé de joindre Demetri. Même après s'être installée dans un petit hôtel situé non loin de Pláka, le quartier historique d'Athènes. Elle n'avait pas l'intention de demander quoi que ce soit aux Kastro et tenait à rester indépendante. Et puis, c'était Constantine qui souhaitait la voir, pas Demetri ou Olivia.

Elle traversa le hall sobre et raffiné. À son grand soulagement, l'hôtesse parlait anglais.

— Madame Manning ? répéta cette dernière en parcourant une liste sur son écran d'ordinateur. Et vous êtes une amie de M. Kastro ?

— Oui. Il attend ma visite.

— Je regrette, madame Manning. Seuls les membres de sa famille sont autorisés à le voir.

— Je…

— Je suis désolée, l'interrompit la jeune femme, l'air sincère. Je ne peux rien faire pour vous.

— Mais je suis *vraiment* une amie de M. Kastro ! s'exclama Joanna. Demandez à… à ses enfants !

— Je regrette, répéta l'hôtesse avec quelque impatience. Je dois vous demander de vous en aller.

— Je peux appeler son fils, si vous ne me…

— Madame Manning ! s'exclama une voix féminine bien connue derrière elle. Que se passe-t-il ?

Surprise, Joanna se retourna lentement, déprimée de devoir affronter Olivia. Mais, à son grand étonnement, la sœur de Demetri adressa quelques mots rapides en grec à l'hôtesse d'accueil, avant de repasser à l'anglais :

— Et vous n'avez pas appelé mon frère ?

— Je ne…, bredouilla l'hôtesse.

Olivia l'interrompit d'un geste de la main et se tourna vers Joanna.

— Je suis vraiment désolée, madame Manning. Je

pensais que Demetri avait laissé des instructions pour qu'on vous conduise auprès de mon père dès votre arrivée.

Incroyable… Olivia ne voyait pas d'inconvénient à sa présence ?

— Je… Il ne savait pas que je venais, dit-elle avec embarras. Je ne l'ai pas prévenu.

La sœur de Demetri fronça les sourcils.

— J'espère qu'il n'est pas déjà en route pour l'aéroport, dit-elle en soupirant. Il a décidé d'aller à Londres.

— À Londres ? s'exclama Joanna, suffoquée. Je l'ignorais.

— Il a essayé de vous joindre à plusieurs reprises, sans succès.

Olivia se tourna de nouveau vers l'hôtesse :

— Avez-vous vu mon frère ? demanda-t-elle, d'un ton peu aimable.

— Je… Je…, bafouilla la jeune femme, les joues roses de confusion.

— Je vois que tu terrorises encore le personnel, fit une voix moqueuse derrière elles.

Une voix virile et profonde, au son de laquelle Joanna sentit naître une myriade de frissons malvenus dans tout son corps.

Joanna retint son souffle. Demetri se tenait là, vêtu d'une chemise bleu nuit et d'un pantalon noir. Il tenait nonchalamment une veste en cuir sur l'épaule. Il était d'une beauté… scandaleuse.

Après avoir soutenu son regard un instant, il reporta son attention sur sa sœur.

— Que se passe-t-il ?

Joanna rougit, ce fut plus fort qu'elle. Des souvenirs brûlants se bousculaient dans son esprit — de leurs corps nus enlacés, du plaisir incroyable qu'ils avaient partagé, de la volupté qui les avait emportés, ensemble… Dieu merci, Olivia ne la regardait pas !

— Juste un petit malentendu, répondit celle-ci à son frère. Mais encore un peu et cette hôtesse incapable aurait fichu Mme Manning dehors !

— Ça par exemple ! Est-ce vrai ? demanda Demetri à Joanna. Mais pourquoi n'as-tu pas répondu à mes appels ? J'aurais envoyé quelqu'un te chercher à l'aéroport.

— Je…

— Je crois que Mme Manning préfère garder son indépendance, Demetri, l'interrompit Olivia d'une voix radoucie.

— Dois-je comprendre que tu as volé au secours de *Mme Manning* ? répliqua-t-il en plissant les yeux. Eh bien…

— Garde ton ironie pour toi, Demetri, jeta sèchement sa sœur. Et conduis plutôt Mme Manning auprès de notre père. Après tout, c'est lui qu'elle vient voir. Pas nous.

Demetri fit glisser sa veste de son épaule et l'enfila d'un geste fluide.

— Très bien, dit-il d'un ton détaché. Apparemment, je n'ai plus besoin d'aller à Londres. Je vais demander à Spiro d'annuler mon billet.

— Je l'appelle, dit Olivia en les accompagnant vers les ascenseurs. Il est au siège ?

Demetri s'écarta pour laisser Joanna entrer dans la cabine.

— Il s'y trouvait il y a une heure. Tu es gentille de t'en charger.

— Je t'en prie, répliqua Olivia avec un petit sourire en coin.

Sur ces mots, elle tourna les talons et repartit en sens inverse.

15.

Dans l'ascenseur, Joanna regardait fixement devant elle et savourait le silence. Ils n'avaient rien à se dire, de toute façon. Et puis, Olivia avait raison : elle était venue voir Constantine, pas ses enfants. Quant au changement d'attitude de celle-ci à son égard…

— Tu as fait bon voyage ?

Elle sursauta presque.

— Oui, répondit-elle sans regarder Demetri.

— Tu aurais vraiment dû me rappeler, dit-il d'un ton de reproche. Je me serais occupé de tout.

— Ce n'était pas la peine.

À sa grande consternation, il leva le bras et lui caressa doucement la joue, la faisait trembler tout entière.

— Tu ne veux pas me regarder, Joanna ? murmura-t-il. Aurais-tu honte de ce que nous avons fait ensemble ?

Choquée, elle tourna enfin les yeux vers lui.

— Tu ne devrais pas dire des choses pareilles !

— Pourquoi ? fit-il en haussant un sourcil. Et tu n'as pas répondu à ma question.

Si seulement son cœur pouvait se calmer…

— Comment… Comment va ton père ? balbutia Joanna.

L'espace d'un instant, elle crut qu'il allait insister jusqu'à ce qu'elle réponde à sa question, mais il sembla se raviser.

— Bien mieux que lorsque nous l'avons amené ici. Il a eu de la chance : sa détermination à nous cacher la vérité aurait pu lui coûter la vie.

— Il ne voulait pas gâcher le mariage de ta sœur.

— Tu étais au courant de tout, n'est-ce pas ? Tu étais sa confidente, tu as joué le rôle qu'il attendait de toi, mais tu n'as jamais été sa maîtresse.

— Lui as-tu dit que tu étais au courant ? demanda-t-elle en rougissant.

— Pour qui me prends-tu ? répliqua-t-il d'une voix rauque.

— Je ne sais pas qui tu es, Demetri.

À cet instant, les portes coulissèrent sans bruit. Après l'avoir laissée passer devant lui, il fit quelques pas et lui désigna une porte située au fond du couloir.

— Prends tout ton temps. Je serai dans la salle d'attente réservée aux visiteurs.

— Entendu.

En réalité, elle n'avait pas l'intention d'aller le rejoindre. Après avoir vu Constantine, elle regagnerait son hôtel. C'était plus prudent.

Dès qu'elle ouvrit la porte, après avoir frappé doucement, Joanna fut soulagée de constater que son vieil ami avait bien meilleure mine. Il était pâle et avait l'air fatigué, mais ses yeux avaient repris tout leur éclat.

— Ma chère Joanna ! s'exclama-t-il. Enfin ! Si tu savais comme je suis heureux de te voir.

Elle s'approcha du lit.

— Moi aussi. J'étais tellement inquiète à ton sujet ! J'ai appelé la clinique tous les jours pour prendre de tes nouvelles, mais je ne savais jamais si je devais croire ce que me disaient les infirmières.

— Assieds-toi près de moi, fit-il en tapotant le bord du lit. Pourquoi n'es-tu pas venue plus tôt ?

— Je…

— Ne me mens pas, Joanna, l'interrompit-il doucement.

C'est Demetri qui t'en a empêchée, n'est-ce pas ? Il t'a renvoyée en Angleterre ?

— Non. Je… Il fallait que je retourne travailler, de toute façon. Je ne savais pas combien de temps tu resterais à la clinique, alors je suis rentrée à Londres.

— Vraiment ? fit Constantine, l'air sceptique. Bon, je n'insiste pas. Je sais que tu les protèges et je suis certain qu'Olivia a dû jouer un rôle dans ton départ. Elle n'a jamais apprécié notre relation.

— Mais tu leur as dit la vérité, maintenant, n'est-ce pas ?

— Je crois que Demetri a tout deviné, reconnut son ami avec un petit sourire en coin. Mais j'avoue que j'ai bien aimé voir qu'il m'enviait. Pendant un certain temps, du moins.

— Constantine !

— Tu ne me crois pas ?

Il s'interrompit un instant en l'observant d'un air songeur.

— Joanna, je l'ai vu te regarder. Je sais qu'il est attiré par toi, même s'il l'ignore peut-être lui-même.

— Arrête !

— Qu'y a-t-il, Joanna ? Tu n'es pas flattée que mon fils te trouve séduisante ?

— Tu te trompes, protesta-t-elle, les joues en feu. Et si tu veux bien, je préférerais changer de sujet.

— Pourquoi ? Tu préfères que je te dise que les médecins ne savent pas combien de temps il me reste à vivre ?

— S'il te plaît…

— Oh ! ma chère Joanna. Ne te désole pas. J'ai accepté la situation et tu dois t'y faire toi aussi. Nous mourrons tous un jour, de toute façon, et je m'estime heureux de pouvoir me préparer à quitter ce monde.

— Je ne sais pas quoi dire…, bredouilla Joanna d'une voix étouffée.

— Que je vais te manquer, peut-être ? hasarda-t-il en lui soulevant le menton. Nous avons vécu de beaux moments ensemble, tu ne crois pas ?

— Tu sais bien que j'en suis aussi heureuse que toi.

— Par conséquent, il est naturel que je m'assure de ton bonheur avant qu'il ne soit trop tard, non ?

— Mon « bonheur » ? s'étonna-t-elle avec une moue interrogative. J'ai tout ce dont j'ai besoin : un travail, un appartement qui me plaît, quelques amis…

— Ce n'est pas à cela que je pensais, dit-il en soutenant son regard. Je sais que tu as ton travail et que tu t'es liée d'amitié avec quelques collègues. Et j'ai vu ton appartement : tu en as fait un lieu très agréable et chaleureux. Mais je tiens à m'assurer que, si un jour tu en as assez de travailler chez Bartholomew's, tu auras les moyens de prendre ton temps pour trouver autre chose.

Joanna secoua la tête.

— Non, Constantine, assena-t-elle d'une voix ferme. Je ne veux rien de toi, excepté ton amitié. Et puisque je l'ai déjà…

— Ne fais pas d'histoires, Joanna.

— Je ne fais pas d'histoires. Et tu sais parfaitement ce que je pense de la question : nous en avons déjà discuté plusieurs fois.

— J'aimerais tellement te gâter…

— Tu l'as déjà fait. N'oublie pas que c'est grâce à toi que j'ai pu divorcer et que j'ai réussi à changer complètement de vie.

— Tu es une femme adorable. Et grâce à toi j'ai compris que j'avais commis plus d'une erreur. Notamment en encourageant Olivia à épouser Andrea Petrou. Je savais à l'époque qu'elle était trop jeune et trop têtue, mais j'ai refusé de regarder les choses en face parce que je voulais réunir nos deux familles et nos deux entreprises. Ensuite, quand elle m'a annoncé qu'elle souhaitait divorcer, je ne l'ai pas soutenue, au contraire.

Une profonde tristesse passa dans ses yeux sombres.

— Tu crois qu'elle m'a pardonné ?

— J'en suis certaine, affirma Joanna. Mais pourquoi ne le lui demandes-tu pas ?

— Je le ferai peut-être, répondit-il en souriant. Merci.

Joanna lui caressa le dos de la main.

— Il faut que tu reprennes des forces, dit-elle gentiment. Pour que Demetri puisse te ramener à Theapolis, comme nous le souhaitons tous.

— Ah, Demetri… Dis-moi, Joanna : que penses-tu vraiment de mon fils ?

Quelle question… Et que répondre ?

— Qu'y a-t-il ? Le détestes-tu à ce point ?

— Non.

— C'est bien ce que je pensais, fit-il avec un sourire. En général, ce n'est pas l'effet qu'il produit sur les femmes.

— Il… Je… Nous nous connaissons à peine, balbutia-t-elle, en proie à un embarras sans nom.

— Oui, c'est vrai, acquiesça Constantine. En tout cas, il a changé. Je l'ai compris à la façon dont il s'est comporté durant le mariage d'Alex. Il a ignoré toutes les avances, bien que toutes les femmes se soient agglutinées autour de lui, comme d'habitude. Et il n'a pas accordé la moindre attention à Valéria, qui est pourtant de nouveau libre. Il n'y a pas si longtemps, il aurait été prêt à tout pour la reconquérir.

Il s'interrompit, comme perdu dans ses pensées.

— Oui, il a changé, reprit-il finalement. Quelque chose lui est arrivé. Sais-tu de quoi il pourrait s'agir ?

— Tu ne lui as pas posé la question ? demanda-t-elle en se levant. Je… Je vais te laisser. Je suis sûre que tes enfants…

— Demetri était avec toi la nuit où j'ai eu un malaise, n'est-ce pas ? demanda soudain Constantine. Croyais-tu vraiment que je ne le saurais pas ?

— Mais… Mais…, balbutia Joanna, interloquée.

— Comment je l'ai appris ? Je crois que vous avez tous

les deux oublié Pétros. Il a beau ne plus être tout jeune, il n'est pas idiot, ni aveugle !

— Oh ! mon Dieu…, murmura-t-elle sans le regarder. Et tu m'as demandé de venir te voir, sachant…

— Et pourquoi pas ? Nous ne sommes pas amants, Joanna. J'ai pris un peu de ton temps, c'est tout, et tu as joué ton rôle à la perfection. Comment pourrais-je en vouloir à mon fils d'avoir succombé à ton charme ?

— Il sait que tu es au courant ?

— Non. Je voulais d'abord t'en parler.

— Ce n'était pas sa faute, dit Joanna en soupirant.

— Tu le défends, évidemment.

— Non, c'est la vérité. Il est venu me voir dans ma suite pour me parler, c'est tout. Mais quand…

— Épargne-moi les détails, veux-tu ? Je suis certain que mon fils ne ressemble en rien à ton ex-mari.

— Oh ! Constantine… Mais pourquoi Pétros t'en a-t-il parlé ? Je le croyais ton ami.

— Il l'est, en effet. Le pauvre, il a cru me protéger, craignant que je n'aie le cœur brisé. Il est venu exprès de Theapolis pour me voir.

— Et Demetri n'a rien soupçonné ?

— Non. Il sait que Pétros m'est très attaché et n'a pas trouvé étrange qu'il vienne me rendre visite. En revanche, il semblait pressé de retourner à Theapolis.

L'air soudain las, il s'interrompit un instant.

— Tu comprends, poursuivit-il avec effort, jusqu'à ce qu'Olivia ne lui apprenne que tu étais partie, il te croyait toujours là-bas.

— Constantine…

— Non, pas maintenant, chuchota-t-il. Plus tard, Joanna. Reviens plus tard. Je… J'ai besoin de me reposer.

*
* *

Joanna attendait l'ascenseur en tapant du pied, nerveuse. Pourvu que Demetri ne s'impatiente pas ! Au moment où la cabine arrivait, une voix derrière elle la pétrifia :

— Où vas-tu ?

Demetri se dirigeait à grands pas vers elle, l'air furieux. Il se planta devant elle, les poings sur les hanches.

— Je croyais que tu devais me rejoindre dans la salle d'attente ! Si je n'avais pas demandé à l'infirmière si tu étais encore avec mon père, je serais encore là-bas à t'attendre.

— Excuse-moi, dit-elle, crispée. En fait, je préfère être seule, si cela ne te dérange pas.

— Ai-je le choix ? lui retourna-t-il, le regard indéchiffrable. Dis-moi au moins où tu vas. Parce que tu ne souhaites pas que nous t'hébergions dans notre maison d'Athènes, je présume ?

— Non, en effet. J'ai pris une chambre d'hôtel.

— Lequel ?

Après tout, elle n'avait aucune raison de le lui cacher, aussi lui donna-t-elle le nom de l'établissement.

— J'en ai entendu parler. Tu reviendras, n'est-ce pas ?

Ella entra dans la cabine, dont elle avait maintenu les portes bloquées. Demetri coinça le pied entre les deux battants qui se refermaient — et se rouvrirent.

— Tu n'as pas répondu à ma question, Joanna.

— Je… Probablement, murmura-t-elle.

— Reviens, demanda-t-il d'une voix rauque. Fais-le pour moi, s'il te plaît. Si tu peux me pardonner.

16.

Demetri pressa de nouveau le doigt sur la sonnette, sans pour autant obtenir de réponse.

À bout de patience, il appuya au hasard sur la rangée de noms, jusqu'à ce que quelqu'un lui ouvre enfin la porte. Il était déjà plus de 18 heures et il faisait froid en ce mois de novembre. Par conséquent il n'avait pas l'intention d'attendre le retour de Joanna sur le trottoir.

Elle avait ignoré tous ses appels, n'avait réagi à aucun de ses messages. Et, par une lettre polie adressée au notaire de son père, elle avait refusé catégoriquement le legs laissé pour elle par celui-ci.

C'était *seulement* pour cette raison qu'il s'était décidé à venir la voir, se répéta Demetri. Après les obsèques, Joanna était repartie aussitôt à Londres ; depuis, ils n'avaient eu aucun contact. Ce qui le laissait en proie à un mélange de colère et d'irritation croissante. Ce n'était pas parce qu'elle le méprisait qu'elle devait ignorer les derniers souhaits de Constantine, bon sang ! Aussi était-il résolu à tout tenter pour la faire changer d'avis.

Six semaines s'étaient écoulées depuis l'enterrement. Jusque-là, Demetri n'avait pu quitter la Grèce. Devenir P-DG de Kastro International n'avait pas été sans difficultés. Alors qu'il s'était cru prêt à assumer les responsabilités qui lui tombaient sur les épaules, il s'était retrouvé confronté à toutes sortes de problèmes imprévus — en plus du chagrin causé par la perte de son père, qui l'avait surpris par son intensité. Un terrible sentiment de perte s'était abattu sur lui, non seulement à cause du départ de Constantine, mais aussi du refus de Joanna de parler avec lui.

C'était absurde, il s'en rendait bien compte, mais il aurait eu dans la période troublée qu'il venait de traverser terriblement besoin d'elle. Joanna était la seule dont il aurait pu accepter le soutien et la compassion. Il avait dû s'en passer. Heureusement, le pire se trouvait désormais derrière lui.

D'autre part, alors que Constantine avait toujours refusé de déléguer ne serait-ce qu'une partie de ses pouvoirs, Demetri avait décidé que le temps du changement était venu. Quand il avait proposé à Olivia de devenir vice-présidente de la compagnie, elle avait accepté avec d'autant plus de joie qu'elle avait été tenue à l'écart par leur père durant des années. Il avait également promu Nikolas Poros et un autre directeur à des postes où ils pourraient exercer une réelle autorité et avoir davantage d'autonomie.

Dans ces conditions, Demetri avait pu rejoindre Londres l'esprit tranquille. Il se sentait libre de faire ce qu'il désirait. Enfin. Et il était résolu à obtenir de Joanna qu'elle écoute ce qu'il avait à lui dire.

Savait-elle que Constantine avait appris qu'ils étaient ensemble la nuit de son malaise et qu'il avait pardonné à son fils ? Il avait été impossible d'en parler à Joanna durant ces éprouvantes dernières journées passées à la clinique. Elle avait été si distante vis-à-vis de lui, semblant s'animer uniquement lorsqu'elle se trouvait auprès de Constantine. Par moments, Demetri avait même eu le sentiment qu'elle le haïssait. Comment dans ces conditions aurait-il pu lui dire ce qu'il ressentait pour elle ?

Après avoir traversé le hall, il pénétra dans l'ascenseur et appuya sur la touche correspondant au douzième étage. Puis il ferma les yeux en contrôlant sa respiration pour calmer les battements désordonnés de son cœur. À vrai dire, il n'avait pas beaucoup dormi, depuis l'hospitalisation de son père, si bien qu'il était épuisé.

Joanna avait entendu quelqu'un sonner avec insistance alors qu'elle nettoyait les placards de la cuisine, mais elle n'avait pas répondu, persuadée qu'il s'agissait d'un démarcheur quelconque : elle n'attendait personne et aucun de ses amis ne serait passé chez elle sans la prévenir.

Lorsqu'on frappa à la porte de l'appartement, elle sursauta. Un démarcheur ne serait pas arrivé aussi vite chez elle. Il aurait tenté sa chance chez d'autres voisins avant.

Ôtant ses gants de ménage à la hâte, elle se dirigea vers la porte, qu'elle n'ouvrit pas tout de suite. Richard ne l'avait pas importunée depuis plusieurs années, mais on ne savait jamais… Et puis elle préférait être prudente.

Mais lorsqu'elle approcha un œil du judas, elle eut un véritable choc.

Demetri !

Après l'avoir épié durant quelques instants, le cœur battant à tout rompre, Joanna se retourna et s'adossa à la porte.

Demetri. Il était venu. Elle avait pourtant envoyé une lettre polie mais catégorique au notaire de Constantine.

Elle baissa les yeux sur son vieux jean, son T-shirt en coton aux manches roulées sur les avant-bras, ses espadrilles. En plus, elle s'était fait une queue-de-cheval à la va-vite, aussi ne se sentait-elle pas vraiment armée pour affronter Demetri. Mais au fond, c'était peut-être aussi bien ainsi : il ne pourrait pas l'accuser d'avoir tenté de le séduire.

Sortant le T-shirt de la ceinture du jean, elle le tira sur son ventre, inspira à fond, puis ouvrit la porte.

— Demetri, fit-elle d'un ton détaché. Qu'est-ce qui t'amène ?

— Je peux entrer ? demanda-t-il avec un sourire crispé.

Non !

— Pourquoi pas ? répliqua-t-elle en s'effaçant pour le laisser passer. Mais si tu es venu pour me persuader d'accepter l'argent de ton père, tu perds ton temps, je te préviens.

— Je vais tâcher de m'en souvenir.

Il s'avança dans le salon. Après avoir regardé autour de lui, il ajouta :

— C'est charmant, ici.

— Merci. Je trouve aussi.

Lorsque Demetri se retourna vers elle, les mains dans les poches de son pardessus anthracite en cashmere, Joanna remarqua qu'il avait le visage pâle et les traits tirés — sans que cela n'atténue en rien sa beauté, hélas…

— Comment vas-tu ? demanda-t-il soudain.

Elle lui désigna le sofa.

— Assieds-toi, je t'en prie. Je vais bien. De ton côté, tu dois être très occupé.

— On se débrouille, dit-il en s'asseyant.

« Je travaille comme un damné », traduisit Joanna.

— Tu veux boire quelque chose ? s'enquit-elle après une légère hésitation. Un thé ? Une tasse de café ? Une bière ?

— De la bière ? répéta-t-il avec un froncement de sourcils. Tu bois de la bière ?

Jamais. Mais elle en achetait pour Constantine quand il venait la voir. Et il lui en restait encore.

— Cela m'arrive. Et c'est tout ce que j'ai comme alcool, malheureusement.

Il la dévisagea un long moment en silence. Un éclat étrange brillait au fond de ses yeux sombres.

— J'en veux bien une, merci, dit-il enfin.

Les jambes tremblantes, Joanna se dirigea vers la cuisine en regrettant de lui avoir proposé de boire quelque chose. Elle aurait dû au contraire se débarrasser de lui le plus vite possible. Mais il était trop tard, maintenant.

Après avoir sorti une bière du réfrigérateur, elle prit un verre dans le placard et regagna le salon.

Toujours assis sur le sofa, Demetri avait la tête appuyée en arrière sur un coussin et les yeux fermés. Dormait-il ? Au même instant, il rouvrit les yeux et se redressa.

— Excuse-moi, dit-il en se passant la main dans les cheveux. La journée a été un peu fatigante.

À son grand dépit, Joanna dut faire un effort pour ne pas le réconforter. Ce n'était pas sa faute s'il se surmenait ! Et puis Demetri était jeune et en bonne santé. Il s'en remettrait.

Elle lui tendit la bouteille et le verre, puis s'assit dans un fauteuil en face de lui.

— Tu es venu à Londres pour affaires ?

Au lieu de lui répondre, il contempla la bouteille en souriant lentement.

— C'était la préférée de mon père. Toi aussi, tu aimes cette marque ?

— Je l'avais achetée pour lui, avoua-t-elle, soudain triste. Il venait ici de temps en temps. Un jour, je lui ai préparé à dîner. Ce n'était pas un festin, mais il a paru l'apprécier.

Elle sourit.

— J'en suis sûr. Et toi, tu ne bois rien ?

— Je n'aime pas la bière. Mais tu ne m'as toujours pas dit pourquoi tu voulais me voir.

Dédaignant le verre, Demetri porta la bouteille à ses lèvres et but directement au goulot. Ensuite, il s'essuya la bouche du revers de la main et regarda Joanna.

— Pourquoi n'as-tu répondu à aucun de mes appels ? lança-t-il. Tu ne crois pas que tu me devais au moins ça ?

— Je ne comprends pas…

— Si. Tu comprends très bien, au contraire.

Posant la bouteille sur la table basse à côté du verre, il se pencha en avant et posa les avant-bras sur ses cuisses.

— Tu as eu peur, c'est cela ? Après ce que tu as vécu

avec ton ex-mari, tu crains de t'impliquer avec un autre homme ?

— Toi et moi n'étions pas impliqués.

— Vraiment ? Tu vas peut-être me dire que c'est dans tes habitudes de demander à un homme de te faire l'amour ? riposta-t-il, moqueur. Aurais-tu oublié ce qu'il s'est passé et comment cela s'est passé ? J'étais là, Joanna. Et je sais que tu n'avais jamais couché avec un homme.

Incapable de soutenir son regard, elle se leva.

— Et alors ? Ce n'est pas parce que nous avons couché ensemble que tu as le droit de…

— Nous n'avons pas couché ensemble, coupa-t-il sèchement en se levant à son tour. Nous avons fait l'amour, ce n'est pas la même chose. Comme tu t'en rendrais compte si tu ne faisais pas tout pour me haïr.

— Je ne te hais pas. Je pense seulement que tu attaches trop d'importance à… à une chose qui devait forcément m'arriver un jour.

— Quel réalisme ! ironisa-t-il. Si je ne te connaissais pas mieux, je pourrais presque te croire.

Joanna tira de nouveau sur son T-shirt.

— Il faut pourtant que tu me croies.

Demetri plongea le regard dans le sien ; elle frémit au plus profond de son être. Puis, alors qu'elle allait baisser les yeux, il franchit le peu d'espace qui les séparait et lui referma la main sur la nuque.

— Donc, tu ne vois pas d'objection à ce que je…

Quand il pencha la tête pour lui déposer un léger baiser au coin des lèvres, Joanna crut qu'elle allait défaillir.

— Pourquoi aurais-tu envie de m'embrasser ? demanda-t-elle, tremblant de la tête aux pieds. Tu en as terminé avec toutes les femmes superbes qui gravitent autour de toi ?

Cette fois, il poussa un juron, mais sans la lâcher.

— Tu perds ton temps, Joanna, dit-il en détachant la

barrette qui retenait ses cheveux. Je ne te laisserai pas me repousser.

— Je… Je ne comprends toujours pas pourquoi tu es venu ici, c'est tout. Tu me trouves ingrate de refuser l'argent de…

— Oublie cet argent ! l'interrompit-il en l'attirant contre lui. Tu ne peux pas savoir à quel point tu m'as manqué…

Quand il pencha de nouveau la tête pour lui effleurer le cou de ses lèvres, Joanna laissa échapper une plainte.

— Demetri…

— Tu ne me crois pas ? demanda-t-il en redressant la tête pour la regarder dans les yeux. Eh bien… Comment as-tu dit, déjà ? Ah oui : il faut que tu me croies. Je suis ici seulement parce que j'ai compris que j'avais besoin de toi.

Cette fois, Joanna eut l'impression que son cœur allait cesser de battre. Ou exploser.

— Tu ne penses pas ce que tu dis…, balbutia-t-elle, incrédule.

Seigneur… Pourquoi venir la torturer ainsi ? Pas question qu'elle se prenne à espérer !

Demetri lui caressa les lèvres du bout du pouce.

— Et pourquoi, s'il te plaît ? Tu ne peux pas nier que dès l'instant où nous nous sommes rencontrés nous avons été irrésistiblement attirés l'un par l'autre.

— Non, ce n'est pas vrai.

— Ah, tu n'es pas attirée par moi ? Si je fais ceci…

Il glissa sa main libre sous son T-shirt.

— … Cela ne te fait rien ?

— Je ne serai pas ta maîtresse, Demetri !

L'air furieux, il la lâcha et la contempla en silence. Joanna recula vers la porte.

— Je crois que tu ferais mieux de t'en aller, murmura-t-elle.

Il la rejoignit en deux enjambées, les yeux étincelants.

— T'ai-je demandé d'être ma maîtresse ?

— Non. Mais, de toute évidence, tu es venu ici pour… pour…

— Pour quoi faire, Joanna ? Bien sûr que je suis venu pour faire l'amour avec toi, mais pas seulement. Notre relation ne se limite pas à ce que nous pouvons faire au lit.

— Nous n'avons pas de relation ! s'écria-t-elle avec force. Tu me désires, OK. Mais tu finiras forcément par…

— Tu ne sais même pas de quoi tu parles, l'interrompit-il d'une voix dure. Tu ne sais pas combien de nuits j'ai passées à rester éveillé, incapable de trouver le sommeil, me demandant si je serais capable de me concentrer le lendemain, d'assumer les responsabilités que mon père a eu l'imprudence de me laisser.

— Ton père n'était jamais imprudent. Il…

— Il l'était ! Il t'a amenée à Theapolis, m'a présenté à la seule femme que je ne pourrais jamais posséder avant de nous pousser dans les bras l'un de l'autre, parce qu'il espérait…

Il se tut et secoua la tête.

— J'ignore ce qu'il espérait vraiment. Tout ce que je sais, c'est que je ne suis plus le même depuis que je t'ai rencontrée. Que ma vie a complètement basculé.

Il faut l'empêcher de continuer, songea Joanna, paniquée. *Et lui dire. Maintenant.*

— Que veux-tu exactement, Demetri ? demanda-t-elle plutôt.

— Toi.

Comme dans un rêve, elle vit son visage se rapprocher du sien.

— Toi, répéta-t-il contre ses lèvres. Je t'aime, Joanna. Et je n'avais encore jamais dit ces mots à aucune femme.

Joanna ferma les yeux. La langue de Demetri caressa la sienne. Sa chaleur virile l'enveloppait, délicieuse, enivrante. Sans cesser de l'embrasser, il se débarrassa de son pardessus et le laissa choir sur le parquet. Puis il entraîna Joanna vers le sofa et s'y assit en l'installant à califourchon sur lui.

— Je t'aime, répéta-t-il d'une voix rauque. Je ne peux pas vivre sans toi.

— Demetri, je…

— Ne dis rien, chuchota-t-il. Et tu n'as rien à craindre. Je ne te bousculerai pas.

Joanna lui prit le visage entre ses mains. Une certitude plus forte que ses peurs, ses angoisses et ses doutes l'avait envahie. Oui, elle était certaine. Elle savait.

— Je n'ai pas peur de toi, mon amour. Moi aussi je t'aime. Mais tu le savais déjà, non ? N'est-ce pas pour cela que tu es venu ?

— Je suis venu pour te demander de devenir ma femme. Je veux t'épouser, mon amour. Toi et seulement toi.

Épilogue

— Mon père était au courant, pour nous, murmura Demetri.

Il serra le corps nu de Joanna contre le sien en lui caressant les reins.

— Oui, je sais, répliqua-t-elle doucement.

— Il te l'a dit ?

— Oui. Il m'a raconté que Pétros était venu le voir.

— J'aimerais pouvoir affirmer qu'il nous a donné sa bénédiction, mais ce serait aller trop loin.

Il la sentit sourire contre sa peau.

— Qui ? Pétros ou ton père ?

— Mon père. Il m'a demandé de veiller sur toi.

Joanna se raidit. Désireux de voir son visage, Demetri la repoussa doucement. Il découvrit une lueur à la fois inquiète et timide dans ses yeux bleus.

— Il t'aimait vraiment, tu sais, poursuivit-il d'une voix rauque. Mais je ne t'apprends rien, n'est-ce pas ? Il m'a promis de revenir me hanter si je ne m'occupais pas de toi.

— C'est pour cela que tu es ici ? demanda-t-elle d'un ton brusque.

— Pardon ?

Elle s'écarta de lui, le front plissé.

— Est-ce à cause de cela que tu es venu me voir ? Parce que ton père t'a donné l'impression que j'avais besoin de quelqu'un pour s'occuper de moi ?

Après s'être redressé, Demetri s'appuya sur un coude et la dévisagea avec incrédulité.

— C'est ce que tu penses ? Tu t'éloignes de moi comme si tu regrettais ce que nous venons de faire avec amour.

— Bien sûr que non ! protesta-t-elle, l'air offusqué. Mais je… Je ne veux pas que tu te sentes responsable de moi.

— Je n'arrive pas à le croire. Je croyais que nous n'en étions plus là, bon sang !

Elle cilla, comme perdue.

— Tu es sincère ?

— Tu en doutes ? Je t'aime, Joanna. Je suis fou de toi. Comment peux-tu imaginer ne serait-ce qu'un instant que les paroles de mon père pourraient exercer de l'influence sur mes sentiments ?

— Je ne voulais pas que tu… Oh ! tu sais à quoi je fais allusion ! Cette histoire de legs.

— Je l'avais oublié, murmura-t-il, espiègle. Dis-moi, comment pourrais-je me sentir responsable d'une femme qui refuse une pension annuelle de…

— Chut, fit-elle en lui posant un doigt sur les lèvres. C'est bon, je te crois.

Lentement, il laissa glisser les mains sur son ventre, effleura sa toison bouclée…

— Pourquoi n'as-tu répondu à aucun de mes appels ? demanda-t-il de nouveau en la regardant dans les yeux. Et pourquoi ne m'as-tu jamais rappelé quand je t'ai laissé des messages ?

Il remonta sur son ventre, ses seins.

— J'ai l'impression que tu as pris un peu de poids, dis donc, constata-t-il en souriant. Cela te va bien.

— Tant mieux. Parce que…

— Parce que ?

— En fait, j'avais l'intention de t'appeler, bredouilla-t-elle, visiblement embarrassée. Mais, c'était… difficile.

— Difficile ? Pourquoi ?

— Je suis enceinte, répondit-elle précipitamment.

Maintenant, tu comprends pourquoi je n'ai pas répondu à tes appels ?

Demetri eut l'impression que sa respiration restait bloquée quelque part entre les poumons et la gorge. Il mit de longues minutes à assimiler ce qu'il venait d'entendre, sous le regard anxieux de Joanna.

— Enceinte ? répéta-t-il enfin. Tu es *enceinte* ?

— Oui. Tu n'es pas trop choqué, j'espère ?

L'était-il ? Il n'en savait trop rien. En revanche, il était fou de joie, ça, c'était certain ! Et soulagé. Tellement soulagé. Parce que, durant quelques instants, il s'était demandé pourquoi Joanna semblait tout à coup si crispée.

— J'ai du mal à y croire…

Il baissa les yeux sur ses seins aux mamelons gorgés de désir et gonflés par ses caresses, le doux renflement de son ventre. Joanna attendait un enfant. *Son* enfant.

— Mais cela ne te dérange pas ? insista-t-elle d'une voix inquiète. Je veux dire… Je sais que tu ne t'y attendais pas.

— Ne te méprends pas sur mon attitude. C'est seulement que je suis surpris ; et tellement heureux, mon amour ! Je suis fou de joie !

— Je voulais te le dire depuis déjà un certain temps. Mais je ne savais pas comment tu réagirais. Et surtout, je ne voulais pas que tu te croies obligé de m'épouser à cause de mon état.

— Cela n'aurait vraiment pas été un sacrifice, mon amour, répliqua-t-il en lui embrassant la paume. Comme je te l'ai dit tout à l'heure, je te désire depuis le premier instant où je t'ai aperçue. Et maintenant, tu es à moi pour toujours. Je suis le plus heureux des hommes.

— Olivia risque de ne pas être ravie, hasarda Joanna.

Demetri éclata de rire.

— Elle n'aura pas le temps de trouver des objections ! Comme tu le sais, ma sœur a toujours désiré être impliquée dans l'entreprise familiale. Eh bien, c'est fait. Je l'ai nommée vice-présidente. Ce qui signifie que nous aurons beaucoup de temps pour nous.

— Mais…

Il la fit taire d'une pluie de baisers dans le cou. Puis il glissa une jambe entre les siennes.

— Il n'y a pas de « mais ». Me croiras-tu si je te dis qu'elle m'a encouragé à venir te voir ?

— Non.

— Eh bien, tu as tort ! Elle s'inquiétait pour moi. Alex aussi. À la différence de ce qui t'est arrivé, j'ai perdu du poids, et Olivia a enfin admis que tu comptais vraiment pour moi, que j'avais besoin de toi.

Redressant la tête, il haussa les sourcils d'un air taquin.

— Tu es rassurée, maintenant ?

— Un peu, chuchota-t-elle en lui refermant les bras autour du cou. Et je devrais sans doute te proposer de manger quelque chose… Surtout si tu as maigri. Mais d'abord…

— Et le bébé ? fit Demetri. Cela ne va pas trop le…

— Pas du tout, au contraire ! Il est ravi que son papa soit là. Fais-moi l'amour, Demetri. S'il te plaît…

Retrouvez en avril 2018,
dans votre collection

Azur

L'enfant d'Alekos Demetriou, de Kate Hewitt - N°3938

ENFANT SECRET

Veuve et ruinée. Alors que son époux vient de mourir, Iolanthe est désespérée : non seulement elle hérite d'une entreprise en faillite, mais elle va devoir s'occuper seule de Niko, son fils de neuf ans. Niko qui, bien qu'il l'ignore, est le fruit de la seule et unique nuit qu'elle ait passée entre les bras d'Alekos Demetriou, l'ennemi juré de sa famille. Un secret que Iolanthe a toujours tu, et qu'elle brûle aujourd'hui de révéler. Alekos ne mérite-t-il pas de savoir qu'il a un héritier ? Il sera furieux en apprenant cette nouvelle, Iolanthe s'y prépare. Mais peu importe : pour elle – mais surtout pour le bien de son enfant –, l'heure de vérité a enfin sonné.

Le plus troublant des chantages, de Tara Pammi - N°3939

Elle n'aurait jamais dû embrasser Gabriel Marquez sur ce balcon, la princesse Eleni Drakos ne le sait que trop bien. Mais, à l'abri des regards, elle s'est autorisée – une seule et unique fois – à céder à la passion que Gabriel, cet homme charismatique et séduisant, lui inspire depuis des semaines. Seulement voilà : ce baiser n'était qu'un piège. Gabriel ne vient-il pas de lui imposer un odieux marché, en l'obligeant à s'occuper d'Angelina, la petite orpheline dont il a découvert il y a peu qu'il était le père, sous peine de révéler publiquement leur relation ? Bien que troublée, Eleni finit par accepter. Tout en se demandant si elle parviendra à jouer le rôle de mère et de maîtresse sans se prendre au jeu des sentiments...

Toi dont je ne sais rien, de Maisey Yates - N°3940

Le jour où on lui apprend que Leon Carides, son époux, a été victime d'un accident de voiture et se trouve à l'hôpital, Rose sent son cœur se briser. Certes, depuis deux ans, elle souffre aux côtés de Leon, qui l'a épousée par simple intérêt, sans jamais lui prêter attention. Mais, pour autant, l'idée de le perdre fait naître en elle une tristesse qu'elle n'aurait jamais soupçonnée... Aussi est-elle à la fois soulagée et surprise de découvrir, en arrivant à son chevet, que Leon est amnésique. C'est alors qu'une idée folle lui traverse l'esprit : ne tient-elle pas là l'occasion inespérée d'enfin donner une chance à leur couple ?

Mariée à son ennemi, de Louise Fuller - N°3941

INDOMPTABLES MILLIONNAIRES

Prise au piège... Alors qu'elle s'est introduite de nuit dans le bureau de Rollo Fleming, son patron, Daisy ne peut retenir un cri au moment où, subitement, les lumières s'allument... et qu'elle se retrouve face au puissant homme d'affaires. Que fait-il ici ? Elle avait pourtant vérifié qu'il était en déplacement ce soir-là. Sous le regard glacial de Rollo, Daisy cherche ses mots : elle doit le convaincre qu'elle n'est pas une voleuse, le supplier de ne pas la licencier sur-le-champ. Cependant, quand il l'interrompt, le cœur de Daisy manque s'arrêter. Car jamais elle ne se serait attendue à la proposition qu'il lui fait : elle restera son employée, à la seule et unique condition qu'elle accepte de l'épouser...

Irrépressible tentation, de Cathy Williams - N°3942

Règle numéro un : ne penser qu'au plaisir. Règle numéro deux : me faire confiance... Lorsque Leo Morgan-White lui murmure ces mots à l'oreille, Samantha sent un long frisson la parcourir. Car l'homme dans les bras duquel elle est sur le point de succomber n'a rien d'un ange. Pourquoi a-t-elle accepté de jouer le rôle de sa fiancée, durant ce voyage en Australie qui doit permettre à Leo d'obtenir la garde de sa nièce ? Pourquoi, surtout, se trouve-t-elle à présent dans son lit, alors que Leo lui a bien fait comprendre qu'ils n'avaient aucun avenir en commun ?

Le retour imprévu, de Catherine George - N°3943

Dix ans. Voilà dix ans que Rose tente de faire sortir James Sinclair de sa vie, de sa tête et surtout de son cœur : en épousant celui qui était alors la star de l'université, elle pensait être la plus heureuse des femmes. Mais cela, c'était avant que James ne la trahisse. Et ne lui brise le cœur à jamais. Alors, aujourd'hui qu'il se présente à sa porte – répondant par une visite à l'improviste à la lettre qu'elle lui a envoyée lui annonçant sa décision de divorcer –, elle sent une rage sourde la gagner. Comment cet homme qu'elle aimait plus que tout a-t-il pu la faire souffrir autant ? Pourtant, lorsqu'il lui sourit, toutes ses certitudes vacillent. Car la beauté et le charisme ravageur de James sont intacts, et provoquent en Rose un bouleversement toujours aussi vif...

D'odieuses fiançailles, d'Andie Brock - N°3944

SECRETS D'ORIENT

Hors de question qu'elle épouse un parfait inconnu ! Tandis qu'elle court à travers les rues de Paris, Annalisa sait qu'elle a fait le bon choix en fuyant la soirée donnée en l'honneur de ses fiançailles avec le prince Rashid Zahani, roi du Nabatean. Et tant pis si cet acte de rébellion déçoit son père, instigateur de ces noces : elle doit penser à elle avant tout ! Mais soudain, un homme la rattrape et l'enserre dans ses bras, la maintenant prisonnière. Elle retournera à la soirée et se mariera comme prévu, lui ordonne-t-il à l'oreille de sa voix grave et troublante. Aussitôt, Annalisa sent la panique la gagner. Car elle l'a désormais compris : plus jamais, à partir de maintenant, elle ne sera libre d'agir comme elle le veut...

Un scandaleux arrangement, de Jennifer Hayward - N°3945

SÉRIE : ORGUEIL & DESTINÉE - 3E VOLET

À l'instant où Kostas Laskos, prince de Carnelia, lui révèle qu'il souhaite l'épouser afin d'assurer la paix entre leurs deux royaumes, Stella se fige. Comment cet homme, qui l'a repoussée quand elle s'est offerte à lui, peut-il lui proposer une telle alliance ? Pense-t-il réellement qu'il peut toujours la manipuler à sa guise ? Croit-il surtout qu'elle peut, par pure raison politique, tirer un trait sur la mort de son frère, dont Kostas est responsable ? Hors de question ! Pourtant, sans qu'elle comprenne bien pourquoi, les mots haineux qu'elle rêve de lui cracher au visage se bloquent dans sa gorge. Car, malgré ces nombreux griefs, elle est toujours extrêmement troublée chaque fois qu'elle voit Kostas…

Piégée dans le désert, de Lynne Graham - N°3946

SÉRIE : ROYALES DESTINÉES - 1ER VOLET

Les yeux fixés sur l'enveloppe qu'elle s'apprête à décacheter, Poly ne peut s'empêcher de trembler, elle va découvrir l'identité de son père. Guidée par le mystérieux trésor qu'elle vient de trouver – une bague appartenant à un homme, mais aussi un nom –, la voilà bientôt au cœur d'un royaume digne des *Mille et Une Nuits*. Cependant Poly déchante lorsqu'elle rencontre Rashad, le roi de Dahria. Comment cet homme magnétique peut-il exercer un tel pouvoir sur elle ? Elle doit pourtant se ressaisir, et vite. Hors de question de rendre à Rashad la bague de son père, qu'il décrète être sienne. Et peu lui importe la légende selon laquelle la femme qui la rapporterait à Dahria aurait pour devoir d'en épouser le roi…

Cette impossible attirance, de Jane Porter - N°3947

Un marteau qui résonne dans une salle aux enchères, comme en écho aux battements de son cœur. Voilà comment, en quelques secondes et pour quelques milliers de dollars, Logan a acheté une nuit avec Rowan Argyros, l'homme le plus beau qu'elle ait jamais vu. Après s'être abandonnés à la passion, Rowan, découvrant son identité, l'a quittée en une terrible dispute. Hélas, trois ans plus tard, de retour dans sa vie, il lui fait toujours autant d'effet. Pourtant, Rowan ne lui accordera jamais son pardon : elle lui a caché avoir eu un enfant de lui, mais surtout, elle restera à jamais à ses yeux, Logan Copeland, l'héritière du scandale…

L'héritier de Haverton Manor, de Melanie Milburne - N°3948

Pour échapper au désir brûlant qu'éveillait en elle Eduardo Silveri, l'homme en qui son père voyait le fils qu'il n'avait jamais eu, Bella n'a plus mis un pied dans la vaste demeure familiale de Haverton Manor depuis des années. Mais, aujourd'hui, elle n'a pas d'autre choix que d'affronter Eduardo : depuis la mort de son père, il est son tuteur légal, et lui seul peut lui donner l'autorisation dont elle a besoin pour se marier. Hélas, dès qu'elle revoit Eduardo, Bella comprend que la partie est loin d'être gagnée. Non seulement il n'est pas du tout disposé à lui donner l'accord dont elle a besoin, mais encore le désir qu'elle éprouve pour lui est toujours aussi fort. Un désir auquel il lui est plus que jamais interdit de céder…

Composé et édité par HarperCollins France.

Achevé d'imprimer en février 2018.

CPI
BLACK PRINT

Barcelone

Dépôt légal : mars 2018.

Pour limiter l'empreinte environnementale de ses livres, HarperCollins France s'engage à n'utiliser que du papier fabriqué à partir de bois provenant de forêts gérées durablement et de manière responsable.

Imprimé en Espagne.